葵と香織 於 船岡山

清貴　於『蔵』

京都寺町三条のホームズ⑯

見習いキュレーターの健闘と迷いの森／前編

望月麻衣

双葉文庫

目次

家頭《やがしら》 清貴《きよたか》

類稀な鑑定眼と観察眼から、『ホームズ』と呼ばれている。現在は、骨董品店『蔵』を継ぐ前に、外の世界を知るよう命じられ、修業中の身。

真城《ましろ》葵《あおい》

京都府立大学二年。埼玉県大宮市から京都市に移り住み、骨董品店『蔵』でバイトを始めた。清貴の指南の許、鑑定士としての素質を伸ばしている。

梶原《かじわら》 秋人《あきひと》
現在人気上昇中の若手俳優。ルックスは良いが、三枚目な面も。

円生《えんしよう》
本名・菅原真也　元贋作師で清貴の宿敵だったが、紆余曲折を経て、今は高名な鑑定士の許で見習い修業中。

滝山《たきやま》 利休《りきゆう》
清貴の弟分。清貴に心酔するあまり、葵のことを疎ましく思っていたが……？

家頭《やがしら》 誠司《せいじ》
（オーナー）
清貴の祖父。国選鑑定人であり『蔵』のオーナー。

滝山《たきやま》 好江《よしえ》
利休の母であり、オーナーの恋人。美術関係の会社を経営し、一級建築士の資格も持つキャリアウーマン。

家頭《やがしら》 武史《たけし》
（店長）
清貴の父。人気時代小説作家。

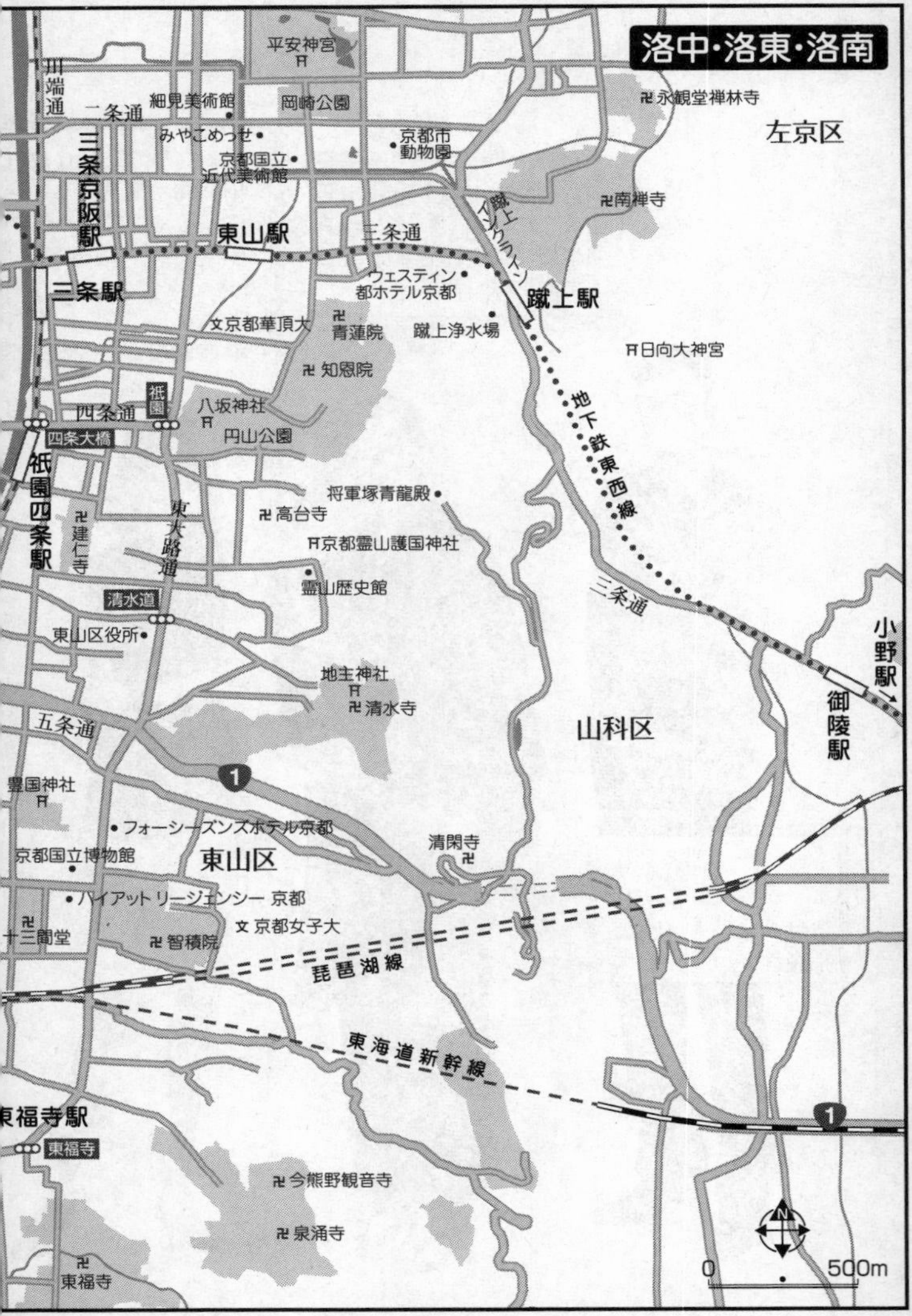

洛中・洛東・洛南
平安神宮
川端通
二条通
細見美術館
岡崎公園
永観堂禅林寺
左京区
みやこめっせ
京都市動物園
京都国立近代美術館
三条京阪駅
南禅寺
蹴上インクライン
東山駅
三条通
三条駅
ウェスティン都ホテル京都
蹴上駅
京都華頂大
青蓮院
蹴上浄水場
日向大神宮
知恩院
祇園
四条通
八坂神社
円山公園
四条大橋
地下鉄東西線
祇園四条駅
将軍塚青龍殿
高台寺
建仁寺
東大路通
京都霊山護国神社
霊山歴史館
清水道
三条通
東山区役所
小野駅
地主神社
清水寺
御陵駅
五条通
山科区
豊国神社
フォーシーズンズホテル京都
清閑寺
京都国立博物館
東山区
ハイアット リージェンシー 京都
京都女子大
三十三間堂
智積院
琵琶湖線
東海道新幹線
東福寺駅
東福寺
今熊野観音寺
泉涌寺
東福寺
0
500m

丸太町駅
千本通
二条自動車教習所
二条城
烏丸通
367
二条駅
二条城前駅
御池通
京都市役所
BiVi二条
中京区役所
烏丸御池駅
三条通
中京区
堀川通
三条通
六角堂
嵯峨野線
大宮駅
四条通
阪急京都線
烏丸駅
河原町
西院駅
嵐電嵐山本線
四条大宮駅
四条駅
壬生寺
地下鉄烏丸線
七本松通
松原通
五条通
9
1
五条駅
丹波口駅
延寿寺
京都市中央卸売市場
下京区
1
渉成園（枳殻邸）
西本願寺
東本願寺
京都水族館
龍谷大
七条駅
梅小路京都西駅
七条通
七条大橋
24
京都タワー
下京区役所
京都鉄道博物館
梅小路公園
京都駅
京都線
東海道新幹線
大宮通
イオンモールKYOTO
河原町通
烏丸通
東寺
南区
東寺駅
近鉄京都線
171
九条通
九条駅
1
↓十条駅

N
0
1.5km
寂光院
三千院
阿弥陀寺
滋賀県
京都府
367
奥比叡ドライブウェイ
坂本比叡山口駅
西教寺
朗詠山長源寺
八瀬比叡山口駅
岩倉駅
八幡前駅
蓮華寺
比叡山延暦寺
坂本ケーブル
大比叡
叡山ケーブル
国際会館駅
松ノ馬場駅
三宅八幡駅
叡山ロープウェイ
宝ケ池駅
京阪石山坂本線
穴太駅
星野リゾート
ロテルド比叡
修学院離宮
叡山電鉄叡山本線
修学院駅
曼殊院
唐崎駅
比叡山ドライブウェイ
圓光寺
一乗寺駅
滋賀里駅
狸谷山不動院
湖西線
茶山駅
琵琶湖
左京区
南滋賀駅
元田中駅
161
近江神宮前駅
吉田神社
銀閣寺（慈照寺）
哲学の道
法然院
真正極楽寺（真如堂）
大津京駅
瑞光院
京阪大津京駅
金戒光明寺
平安神宮
大津市役所前駅

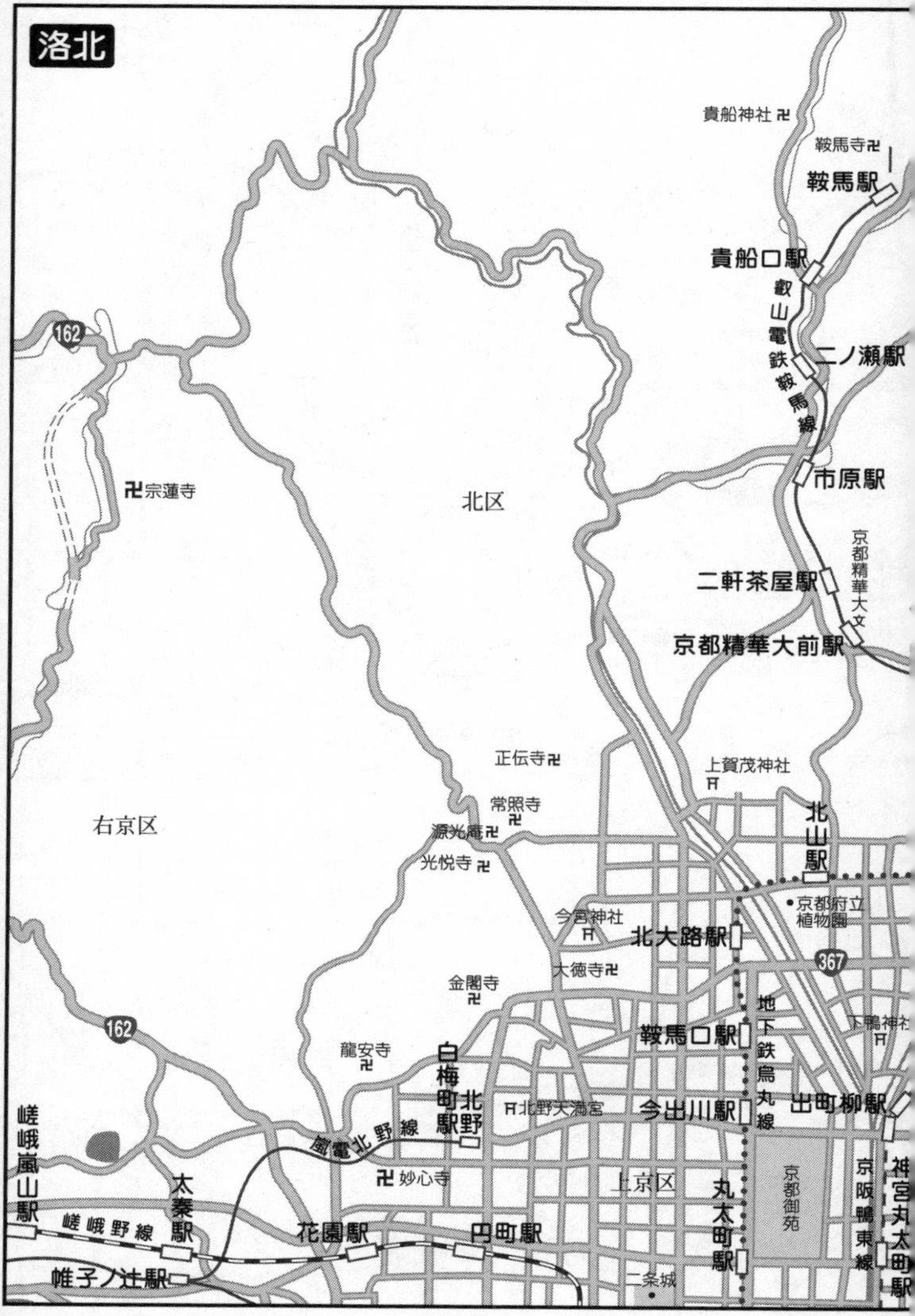
洛北
貴船神社
鞍馬寺
鞍馬駅
貴船口駅
叡山電鉄鞍馬線
二ノ瀬駅
市原駅
京都精華大
二軒茶屋駅
京都精華大前駅
162
宗蓮寺
北区
正伝寺
上賀茂神社
常照寺
右京区
源光庵
光悦寺
北山駅
京都府立植物園
今宮神社
北大路駅
367
大徳寺
金閣寺
地下鉄烏丸線
下鴨神社
162
鞍馬口駅
龍安寺
北野白梅町駅
北野天満宮
今出川駅
出町柳駅
嵯峨嵐山駅
嵐電北野線
妙心寺
上京区
丸太町駅
京都御苑
京阪鴨東線
神宮丸太町駅
太秦駅
嵯峨野線
花園駅
円町駅
帷子ノ辻駅
二条城

立命館大
等持院
162
仁和寺
福王子
龍安寺駅
妙心寺駅
等持院駅
嵐電北野線
宇多野駅
御室仁和寺駅
一条通
鳴滝駅
妙心寺
嵐電北野線
妙心寺道
常盤駅
花園駅
法金剛院
太秦駅
東映太秦映画村
花園大
嵐電嵐山本線
撮影所前駅
太秦天神川駅
広隆寺
右京警察署
葛野大路通
帷子ノ辻駅
太秦広隆寺駅
蚕ノ社駅
地下鉄東西線
御池通
京都先端技術大
嵐電天神川駅
右京区役所
嵐電嵐山本線
三条通
山ノ内駅
三菱自動車
162
梅宮大社
四条通
京都外大
右京区
桂川運動公園
上野橋
阪急京都線
イオンモール京都五条
五条通
9
上桂公園
西大橋
ハンナリーズアリーナ
西京極総合運動公園
9
西京極駅

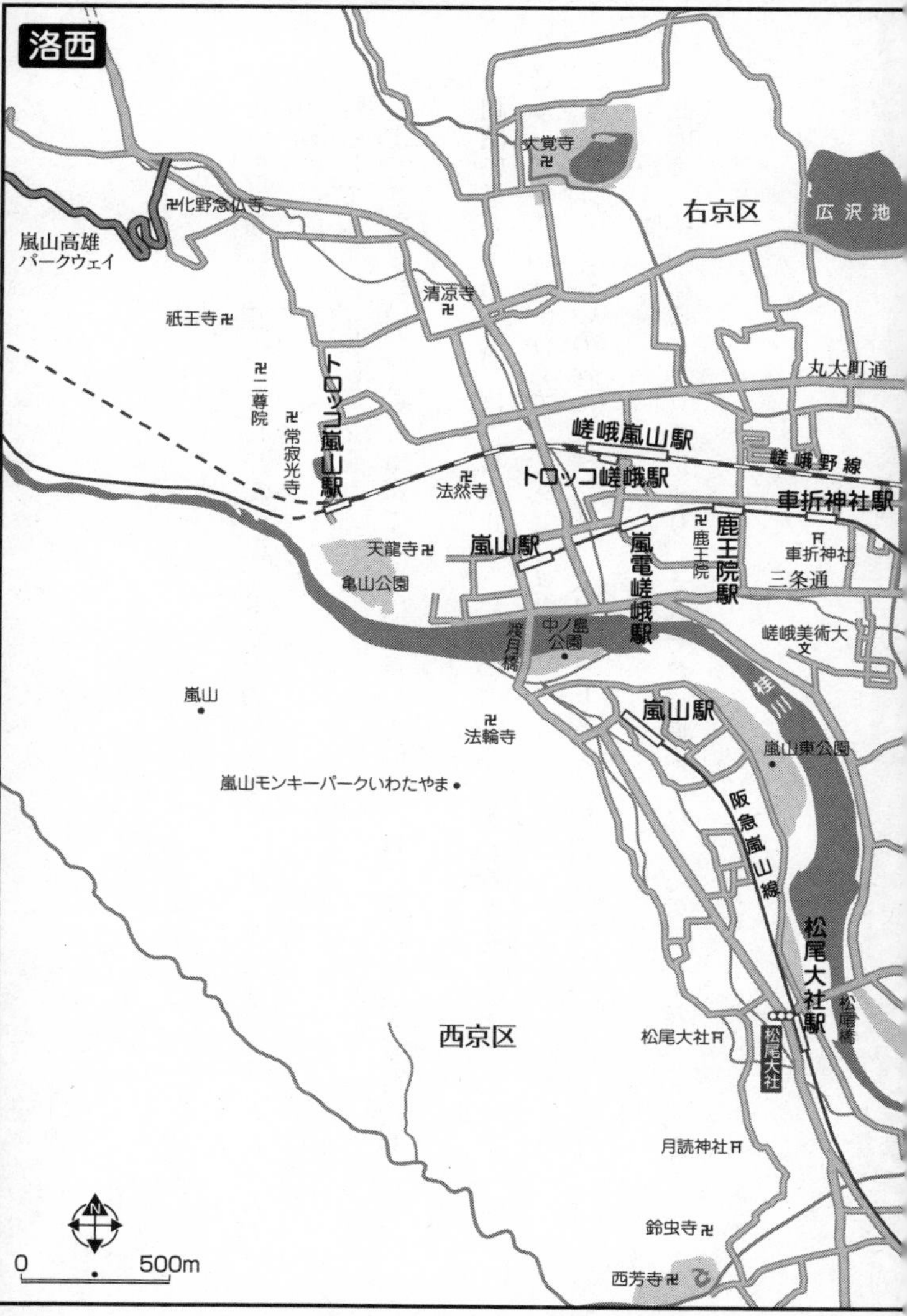
洛西
大覚寺
右京区
広沢池
化野念仏寺
嵐山高雄
パークウェイ
清凉寺
祇王寺
丸太町通
二尊院
常寂光寺
トロッコ嵐山駅
嵯峨嵐山駅
嵯峨野線
トロッコ嵯峨駅
法然寺
車折神社駅
鹿王院駅
鹿王院
車折神社
天龍寺
嵐山駅
嵐電嵯峨駅
三条通
亀山公園
中ノ島公園
渡月橋
嵯峨美術大
桂川
嵐山
嵐山駅
法輪寺
嵐山東公園
嵐山モンキーパークいわたやま
阪急嵐山線
松尾大社駅
松尾橋
西京区
松尾大社
松尾大社
月読神社
鈴虫寺
N
0
500m
西芳寺

人生を最高に旅せよ、と言ったのは、ドイツの哲学者フリードリヒ・ニーチェだっただろうか。

時として人生は、旅に譬《たと》えられる。

さまざまな出会いと経験を重ねて、人は成長していき、目にする景色も常に変わっていく。

順調に進める道もあれば、行き止まりになって一歩も進めなくなったり、はたまたどこを歩いているのか分からなくなることもある。

そんなふうに迷いの森に入った時、人はどうしたら良いのだろう?

此度は、些細なことで立ち止まり、それぞれに悩める私たちの迷いと成長の物語。

プロローグ

窓の外の街路樹が鮮やかに色付いている。

暦は、もう霜月《しもつき》。秋も深まり、冬の気配を感じる季節だ。

時の流れは速い。四季はアッという間に巡っていき、気が付くと私――真城葵《ましろあおい》も、大学二年生の冬を迎えようとしていた。

同窓生たちはきたる就職活動に向けて、本格的に対策を始めている。

私もそろそろ意識しなければならないと思いつつ、最近はそれどころではなかった。

今、私の頭を占めているのは、勉強でも就職でもなく、展覧会のこと。

かつて腕利きの贋作師《がんさくし》であり、今や画家として羽ばたこうとしている円生《えんしょう》（本名・菅原真也《すがわらしんや》）の展覧会を私が手掛けることとなり、寝ても覚めてもそのことばかり。

大学の学食で、親友の宮下香織《みやしたかおり》とランチをしている今も――、

「……はぁ」

と、ため息をついてしまっていた。

すると向かい側に座る香織が、少し申し訳なさそうに眉を下げる。

「あ、嫌やった?」

私は、えっ、と顔を上げて、香織と視線を合わせる。

「ごめん。ボーッとしていた」

そんな私に香織は怒るわけでもなく、やっぱ聞いてなかったんや、と愉しげに笑う。

私の前には、すっかり冷めてしまったホットサンド、香織の前にはパスタがある。

彼女の方は、もう食べ終わりそうだ。

「ほら、もう『フラワーアレンジメント・サークル』は、休止状態やん?」

うん、と私は、話を聞く態勢を整える。

フラワーアレンジメント・サークルは、元々二つ上の先輩が作ったもので、香織が一番下の学年だった。ここ最近、先輩方はいろいろと忙しく、ほぼサークル活動はしていない。

そのため、先日の学園祭——流木祭《なからぎさい》を最後に引退を決めたのだ。

後輩が入ってきていなかったので、今やサークルメンバーは香織だけ。

私は時々お邪魔させてもらうだけの仮部員のようなものであり、香織の方も勧誘に熱心になるほど、フラワーアレンジメント・サークルに固執していなかった。

フラワーアレンジメントは自分一人でもできる。まだ学生なのだから、さまざまなことにチャレンジしようと、いろいろなサークルに顔を出し、体験をしている。

陶芸サークルに行くようになったのも、その活動の一部だ。陶芸は私も嵌《はま》ってしまい、マグカップ、湯呑みに続いて、小皿や鉢なども作っていた。

形はさておき、良い色を出せていると言われて——もちろん素人の域だけど、気を良くして、せっせと作っている。

「最近、うちの大学で〝京の町をもっと素敵にしたいプロジェクト〟略して『京もっと』てグループができたんや。そこに、葵も参加しぃひん？」

香織の言葉に、私はすぐに返事をできなかった。

今の自分は展覧会で頭がいっぱいだ。もし時間があっても、心に余裕がない。

「香織はもう参加してるの？」

「うん、とりあえず程度に。春彦《はるひこ》さんがプロジェクト・リーダーやからお手伝い感覚なんやけど」

「春彦さんが関わっているんだ」

そっか、と私は納得する。

彼の名前は、梶原《かじわら》春彦。

私やホームズさんと馴染みの人気俳優、梶原秋人《あきひと》さんの弟だ。

そんな春彦さんと香織が親しくなったのは、私がニューヨークに行っている間のこと。

どうやら気が合うようで、最近はちょくちょく行動を共にしている。

「すっかり香織と春彦さん、仲良しだよね」

「ライダーファン同士やし」

さらりと言う香織に、私は、そうだったね、と笑う。

「葵はライダー、どうなん？」

「弟は好きだったけど、私はプリキュアやセーラームーンみたいな、『女の子戦士』の方が好きだったなぁ。昔、ステージを観に行ったこともあってね、すごく可愛くて強くて憧れて……」

ちなみにセーラームーンは再放送を観ていて、夢中だった。

「あー、うちも女の子戦士好きやった。……結局、うちはなんでも好きなんやろか」

独り言のように洩《も》らす香織に、私は頬を緩ませる。

「ま、それはそうと、『京もっと』はそんなライダーファン仲間の春彦さんがリーダーやから、いろいろと融通が利くし」

たしかに彼がリーダーなら、私の事情も酌《く》んでくれそうだ。

それにしても、最近の春彦さんは、随分と活動的だ。

陶芸サークルにも関わっているし、先日は香織と一緒に秋人さんのドラマにエキストラとして参加していた。

「思えば、春彦さんって、いろんなことをしてるよね？」

そうなんや、と香織が腕を組んで頷く。

「ここ最近の春彦さんは、急にあれこれしたはる。うちもなんでやろて思て、訊いてみたんや。そうしたら、『学生の内だし、いろんなことを経験してみたくて』って言うてた。けど、それだけやないて思う」

「どういうこと？」

「きっと、失恋の影響もある気ぃする」

と、香織は小声で告げた。

私は察して、無言で相槌をうつ。

少し前まで春彦さんはフラワーアレンジメント・サークルの先輩・目黒朱里《めぐろあかり》さんと交際していた。けれど二人の関係は、春彦さんが振られるというかたちで終わってしまったのだ。

「別れる前から春彦さんは、先輩に避けられてるのを感じてて、その不安を払拭するように、いろんなことを始めたそうなんや。で、結果、失恋やろ？　今はさらに精力的に活動することで、その悲しみを紛らしてるんちゃうかな」

可哀相やな、と香織は洩らす。

「香織は、その、春彦さんのことを意識したりは……？」

気になっていたことを小声で訊ねると、香織は、プッと笑った。

「ないない。そういうんやないし。なんでそないに思うのん？」

「なんで、って……すごく気が合うみたいだから」

「ノリが合《お》うてるだけや。けど、恋愛とはちゃうねん。うち、あんなに異性として意識しない人は初めてなくらいで」

「そうなんだ？」

そや、と香織は首を縦に振る。

「春彦さん、年上やけど弟みたいな感じで、まったくドキドキしぃひん。そやから、楽で。そんなの恋愛とちゃうやろ？」

そうかも、と私は答える。

実際に彼は弟気質だ。警戒心を与えない、子犬のような雰囲気を持っている。

私は気を取り直して、話題を戻す。

「『京もっと』は、今のところ、どんな活動をしてるの？」

「まだ始めたばかりで活動てほどのことはしてへんて話やけど、町のゴミ拾いは何度かやってるて。この前も鴨川でゴミ拾いして、みんなでお弁当食べたんやで。あっ、もちろん、ゴミは出さへんで」

地味やろ、と笑う香織に、私は首を横に振る。

「ううん、とても素敵なことだと思う」

鴨川沿いを歩いていると、ゴミを目にして気になることがある。

できる限り拾いたいけれど、なんの用意もなければ、それも難しい。

学生たちが率先してゴミ拾いをする姿は、周囲に良い影響を与えるだろう。

ゴミ拾いならば、気軽に参加できるかもしれない。

「私もお手伝いくらいならできるかな。でも、バイトもあるし……」

「無理のない範囲でええて言うてたよ」

それなら、と私は頷いた。

「幽霊部員になっちゃうかもしれないけど」

「全然、構へん。良かった。葵が一緒やったら、うちも楽しいし」

本当だね、と私は笑顔を返す。

すると香織は、ホッとした表情を見せた。

「良かった、元気そうや」

「えっ、私、元気なかった？」

「最近、ため息ついてること多いし」

ああ、と私は肩をすくめる。

そんなに私はため息ばかりついているだろうか？

「もしかして、ホームズさんと何かあった？」

心配そうに問われて、私は、違う違う、と笑う。

「……ホームズさんのことじゃないよ」

そっか、と香織は表情を緩ませる。

思えば香織は、私とホームズさんの仲を心配しがちだ。

どんなカップルも長く交際していると、いろいろと出てくるだろう。

もちろん私たちも、これまでさまざまなことがあった。

けれど、それらを乗り越えて結果的には安定しているし、何より香織にいろいろあった
その詳細を伝えているわけではない。

だから、なぜいつも香織が私たちを心配するのか、気になるところでもある。

「私とホームズさんの仲って、そんなに危うかったりする？」

香織は、うーん、と首を捻る。

「……それがよう分からへん。夫婦みたいに安定して見える時もあれば、何かいきなりびっくりするようなことが起こっても不思議やないていうか。上手く伝えられへんのやけど。そもそも、ホームズさんってよく分からへん人やし」

ぼんやりとした言葉だったが、ニュアンスは伝わってきた。

それに、と香織は言いにくそうに声のトーンを落とす。

「ホームズさん、あの通りのイケメンやん？　出会いもたくさんありそうやし、葵は不安になったりしぃひんのかなって」

「不安に……？」

たしかにホームズさんは、目を惹く容姿をしている。顔立ちは端整で、背が高く、スタイルも良い。町を歩くと露骨に振り返る女性もいるほど。

かつての私は、そんなホームズさんを手の届かない存在のように思っていたのだ。

香織の言う通り、不安になってもおかしくはないのだけど……。

「あまり、不安になることはないかな……。あっ、もちろん、まったくないわけじゃないけど」

私の答えを聞いて、香織は、ぷっ、と笑う。

「ホームズさんは葵に夢中やし、不安になることもないか」

そんな、と私は気恥ずかしくなって身を縮めた。

「うち、ホームズさんが苦手やったけど、最近は見直してるんや」

「そうなの？」

「うん。『ホームズさんみたいな男は信用できひん』って思うてて、ほんま言うと葵を心配してもいたんや」

「そうだったんだ」

「けど、ホームズさんは葵みたいなええ娘を選んで大切にしてるやろ？　うちの評価は上がってるし」

ニッ、と笑う香織に、私の頬が熱くなる。

「……私としては『本当に私でいいのかな？』って思う時はあるんだけどね。たぶん私は元々、ホームズさんの好みではなかったと思うし」

そう言うと、香織が、えっ、と動きを止めた。

「そうなん？　ホームズさんって、元々はどんな子が好みやったん？」

私は、自分が言い出したことながらも戸惑い、眉を寄せた。

「ホームズさんの好み……？」

以前、ホームズさんが交際していた和泉《いずみ》さんは、儚《はかな》げな雰囲気の美少女だった。

私とはタイプが違っている。

「よく分からないけど、きっと、私みたいな感じではないと思う。ホームズさんは、美しいものが好きだから、元々はすごく綺麗な人が好みだったんじゃないかな」

少し笑って答えると、香織は驚いたように言う。

「そういうの、笑って答えられる葵がすごいわ」

「えっ、どうして？」

「葵は自己肯定感が高いんやな。うちなら、すぐ落ち込んでしまいそうや」

そんな、と私は首を振った。

「私も自己肯定感なんて高くないよ。さっきも言ったように『私でいいのかな』って、よく思うし」

それに、かつては誰かと比較して、すぐに落ち込んでいたのだ。

私が苦笑すると、そやろか、と香織は首を傾げる。そしてすぐに話題を戻した。

「さっきの話やけど、ほんなら、なんでため息ついてたん？」

「実は、前に話した展覧会のことを考えてて……」

「あー……あの、オッさんみたいな人の」

そう言う香織に、私はごほっとむせた。

「オッサンみたいな人って……、なかなか、ひどいよ」

円生がいくつくらいなのか分からないけれど、おそらくまだ三十代前半だ。若くはないが、『オッサン』というほどではない。

「ちゃうちゃう、『オッサン』やなくて、『オッさん』や」

香織は、『オッ』を強調させて言う。

「それ、何か違うの？」

「『オッサン』は、オジサンのことやけど、『オッさん』は、お坊さんのことやし」

えっ、と私は前のめりになる。

「京都の人はお坊さんのこと、『オッさん』って言うの？」

さあ？　と香織は首を傾げる。

「京都の人か一部の人かは知らへんけど、『オッさん』とか『オッさま』て言うてる。ほんで、その『オッさん』みたいな人って、たしか円生さんて言うたっけ。ホームズさんのライバルやったんよね？」

私が大きな衝撃を受けているというのに、香織にとってはなんでもないことのようで、さらりと流して話を続ける。

「あ、うん」

「ホームズさんの宿敵だった人の展覧会をするの、気が進まへんとか？」

「そういうわけじゃなくて、その逆で」

「逆？」

「気が進まないというより、とてもやりたいの。私自身も彼の作品のファンだから、妙に気負っちゃってて、プレッシャーなのよ」

「こんなふうにしたい、ってアイデアとかないの？」

「……いろいろ考えてはいるんだけど、なんていうかね、『これだ！』って感じにはならなくて」

ニューヨークでも私は展示に悩んでいた。そんな時、車中から夜のＳｏＨｏの町にふんわりと幻想的に浮かび上がる和傘店の明かりを目にしたのだ。その光景がきっかけとなって、アイデアが浮かんできた。

和傘を使ったなら、素敵になるんじゃないかと――。

結果は大好評で、私自身、良い展示ができたと思っている。

今はまだ、あの時のような閃《ひらめ》きが降ってこない。

そのため、気持ちは焦る一方だ。

「展覧会はいつなん？」

「いつでもいいんだって」

私がそう答えると、香織は、へっ？　と目を丸くした。

「いつでもって、どういうこと？」

「ほら、会場が家頭邸でしょう？　普通の美術展覧会とは違って、『この日にしなきゃいけない』って決まりがないの。円生さんも『いつでもええ。任せるし』なんて言ってくれているから、本当にいつでもいいみたいなんだけど、私はクリスマスに合わせたいと思っていて……」

そっかぁ、と香織は頷く。

「この日ていう締め切りがない方が、なんやぼんやりするもんね」

「そうそう」

以前の展覧会は、『この日までになんとしてもやらなくてはならない』という締め切りがあったから、勢いよく仕上げられたという気もする。

「ほんなら逆に、そのことばかり考えてへん方がええんちゃう？」

うん？　と私は顔を上げた。

「私も前にフラワーアレンジメントの展覧会で行き詰まってしもた時、『もう、やめた』ってそこから離れて、好きなテレビ観たり、本読んだり、ライブ行ったりしてたら、急に『これや！』って閃いたりしてたし」

その言葉は、的を射ていた。

本当だね、と私は大きく首を縦に振る。

「ちょっと展覧会のことから、頭を切り離してみる」

「そうそう、それがええて思う。また陶芸したり、『京もっと』の活動を楽しんだり」

「そうだね。あと、勉強したかったこともあったんだ」

「勉強って？」

「えっと、その前に、香織、気になってたんだけど……」

「うん？」

「お坊さんを『オッさん』って呼ぶって、冗談じゃないんだよね？」

真顔で問うた私に、香織は、ぱちりと目を見開いた。

＊

京都寺町三条《きょうとてらまちさんじょう》にある骨董品店『蔵《くら》』はいつも静かで、店内はまるで時が止まったような雰囲気なのだが――今ばかりは例外で、賑やかな笑い声が響いていた。

「『オッさん』にビックリしたって、葵ちゃん、面白れぇなぁ」

久しぶりに、秋人さんが遊びに来ていた。

私が、今日の香織との会話を伝えたところだった。

秋人さんは腹に手を当てて爆笑し、ホームズさんこと家頭《やがしら》清貴《きよたか》さんもカウンターの中で笑っている。

「だって、びっくりしたんですよ。円生さんの話をしたら、香織が『あの、オッさんみたいな人』って言うから……」

私はハタキを手に掃除をしながら、そう言って肩をすくめる。

「円生が、オッさんで、オッサン。ウケる」

秋人さんは笑いのツボに入ったのかまだ笑っていて、カウンターに突っ伏している。

ホームズさんはというと、それまで笑っていたというのにスッと真顔になった。

「葵さんと香織さんで、わざわざ円生について話すなんて……、一体どんな話をしていたのでしょうか？」

そう訊ねながら、口角を上げる。

だが、彼の目は笑っていない。

秋人さんはそんなホームズさんの表情に気付くなり、弾かれたように体をビクッとさせた。

　ホームズさんは時々、こんなふうに小さな子どものように嫉妬心をあらわにする。

　私は小さく笑って、質問に答えた。

「彼の展覧会の話です」

　そうでしたか、とホームズさんは、すぐに柔らかく目を細めた。

「京都では本当に、お坊さんのことを『オッさん』って呼ぶんですか？」

「そうですね。京都だけなのかは分かりませんが、香織さんが仰ったように、『オッさま』『オッさん』と呼ぶ人はいますね。かくいううちの祖父も、家の中での会話では『あそこの「オッさん」は――』と言ったりしています」

「オーナーも⁉」

　私が驚いていると、秋人さんが腕を組んで、口を開いた。

「そーいや、今まで特に意識したことなかったけど、たしかに周りには当たり前のように『オッさん』って言っている人がいるなぁ。思えば、『オッさん』呼びって面白いよな。ホームズ、どうして、坊さんを『オッさん』って呼ぶんだ？」

　秋人さんは頬杖をつきながら、ホームズさんに視線を送る。

「……以前から思っていたのですが、秋人さん、僕をＡＩアシスタントのように使わないでいただけますか？」

「教えて、ホムクサ！」

「…………」

ホームズさんは顔をしかめて、秋人さんの額を片手でつかむ。

「痛い痛い、ホムクサ、ストップ。いや、マジでアイアンクロー、やめて」

まったく、とホームズさんは秋人さんの額から手を離して、おしぼりで拭った。

「ひっでぇ、自分からアイアンクローしといて、まるで汚い物を触ってしまったみたいに！

そういうのはやめてくれよ、ホムクサ」

「まだ言いますか？」

ぎろりと一瞥《いちべつ》をくれたホームズさんに、秋人さんは、ひゃっ、とのけ反った。

そんな二人を見ながら、私の頬が緩む。

「相変わらず仲良しですね」

秋人さんは、だろ、と親指を立てるも、ホームズさんはというと、心外です、とため息をついた。

「話を戻しますが、どうしてお坊さんを『オッさん』と呼ぶのかと言いますと……」

ホームズさんがそこまで言いかけた時、秋人さんが身を乗り出した。

「俺が思うに、『お寺さん』が『オッさん』になったんじゃねぇかなと」

私は、なるほど、と手をうった。

「あ、それはありえそうですね」

だろ、と秋人さん。ホームズさんは、そうですね、と人差し指を立てる。

「諸説あるそうですが、『法主《ほっす》さん』ではないかという話ですよ」

「法主さんが？」

「はい。『ほっすさん』が『おっすさん』、そして『オッさん』に変化を遂げたのではと……ちなみに『お主《しゅ》さん』で『おすさん』と言う方もいるようです。ですがこれらは、あくまでプライベートな会話のみに使うもので、実際にお寺さんを前にしては、使わない方が良いかと」

「あ、そうなんだ？」

と、秋人さんが意外そうな声を出している。

「ええ。ご住職などに向かって、『坊さん』と呼び捨てにするようなものですから」

私は納得しつつ、まだ分からないことがあり、首を傾げた。

「お寺さんって、ところによって呼び方が違ったりしていますよね？　仁和寺《にんなじ》でしたら『門跡《もんぜき》』だったり宗派によっては『和尚さん』だったり……時々、呼び方に迷ってしまいますよね」

するとと秋人さんが、そうなんだよ、と強く同意する。

「俺も『京日和《きょうびより》』やってて、混乱することが結構あったな」

ホームズさんは、ふふっと笑って、人差し指を立てた。

「大体は、『ご住職』で大丈夫と思いますが、あとは、お寺さんの名前を言うのが無難ですよ。『仁和寺さん』とか『大徳寺《だいとくじ》さん』ですね」

なるほど、と私は大きく首を縦に振る。

「あっ、それはそうと。今日は土産を持って来たんだよ。出すの忘れてた」

秋人さんはそう言って、隣の椅子に置いてあった紙袋からごそごそと包みを取り出し、カウンターの上に置いた。

包装紙には、『御座候《ござそうろう》』と書かれている。

「『御座候』ですか。これは嬉しいですね。お茶を淹れますか?」

「いやいや、コーヒーで頼む。俺はホームズの淹れたコーヒーが飲みたくて、ここに来てるっつーのもあるんだ」

光栄ですね、とホームズさんは給湯室に入って行った。

「『ござそうろう』って?」

「えっ、葵ちゃん、知らないか？」

「はい、初めて見ました」

「関西では、お馴染みなんだけどなぁ」

秋人さんはそう言いながら、包みを開ける。

中には、今川焼《いまがわやき》が入っていた。

「わぁ、今川焼ですね」

私が感激の声を上げると、秋人さんは、やれやれ、と肩をすくめた。

「葵ちゃんは、まだまだ関東の人間だな。これを『今川焼』って言っちゃうわけだ」

少し茶化すように言う秋人さんに、私は口を尖らせた。

「知ってますよ。こっちの方は『大判焼《おおばんやき》』って言うんですよね？」

いやいや、と秋人さんは首を振る。

「俺は、こういうのを『回転焼《かいてんやき》』って呼んでるけど？」

「『回転焼』、ですか？」

耳馴れない言葉に、私は目を瞬かせる。

「まぁ、『大判焼』とも言うけどな」

「思えば、正しい呼び方ってなんでしょうね？」

その時、給湯室から、ホームズさんがトレイを持って出てきた。

「そうした呼び方はそれぞれの地方の文化であって、正解はないと思いますよ。ですが、御座候のおやきは、『御座候』という名前なんです」

ホームズさんはカウンターの上にコーヒーが入ったカップを並べて、私を見た。

「葵さんも休憩にしましょう」

私は、はい、とハタキを片付けて、給湯室で手を洗い、秋人さんの隣に座る。

秋人さんが買ってきた『御座候』は六個。『赤あん』と『白あん』を一人一個ずつだ。

どちらも素朴で優しい味わいで、とても美味しい。

餡《あん》がたっぷり入っているのも魅力的だった。

「なんだか、今川焼を……これは『御座候』ですが、こうしたおやきを久々に食べました」

「僕もです」

「美味しいですね」

ホームズさんもにこにこと嬉しそうに、『御座候』を口にしている。

だろ、と秋人さんは得意げに胸を張った。

「この前、番組で紹介していて、久々に食べたくなったんだよ」

「ちなみにホームズさんは、こうしたおやきをなんて呼んでるんですか？」

ふと疑問に思って訊ねると、ホームズさんは申し訳なさそうに苦笑する。

「今の僕は、『大判焼』と呼んでいます。ですが、昔は間違った呼び方をしていたんですよ」

間違った呼び方？　と私と秋人さんの声が揃った。

「なんて呼んでたんですか？」

「間違いってなんだよ。そもそも正解なんてないって、自分で言ってなかったか？」

詰め寄る私たちに、ホームズさんは、少し照れたように笑う。

「いえ、本当に間違っていたんです。子どもの頃の話ですが、僕はこうしたおやきを『ロンドン焼』と呼んでいたんですよ。今でもついつい『ロンドン焼』と呼んでしまいそうになりますね」

「どうして、『ロンドン焼』なんですか？」

私が首を捻っている横で、秋人さんは「あっ！」と手を打った。

「『ロンドンヤ』だろ」

そうです、とホームズさん。

「『ロンドンヤ』って、もしかして、新京極にある？」

店自体は知っているけれど、中に入ったことはなかった。

「はい。新京極にある『ロンドンヤ』です。そこに今川焼を小さくしたようなおやきが売ってるんですよ」

ホームズさんは、そこまで言って『御座候』に目を落とした。

「『ロンドン焼』は外の生地がカステラで、中は白こし餡でしてね。ちょうど、これを小さくした感じなんです。幼い頃の僕は『大判焼』よりも『ロンドン焼』の方が身近だったので、このようなおやきをすべて、『ロンドン焼』だと思ってしまっていたんですよ」

そうなんですね、と私は相槌をうつ。

「それもまた、地元の人ならでは、という感じですね」

「面白いよなぁ」

本当に、と私は『御座候』を手に、ふふっと笑う。

京都に住んで数年が経過して、随分、馴染んだように思っていたけれど、まだまだ、知らないことがある。

しみじみとそんなことを思っていると、私のポケットの中でスマホが振動した。

ぴくりと反応した私に、察したホームズさんが「どうぞ」と手をかざしてくれる。

「あ、すみません」

私はいそいそとスマホをポケットから出して、画面を確認した。

届いていたのは、藤原慶子さんからのメールだった。

彼女は、世界的に有名なキュレーター、サリー・バリモアのアシスタントキュレーターであり、私をニューヨークへ誘ってくれた、大恩のある人物だ。

だが、ニューヨークから帰国し、お礼のメールのやりとりをしたのを最後に、互いに連絡を取り合っていなかった。

何かあったのだろうか？　とメールを確認する。

「どうかされました？」

私の戸惑いを察したように、ホームズさんが訊ねる。

「慶子さんからメールで……」

『お久しぶり、葵さん。とりあえず、これを読んでもらいたいの』と、PDFが添付されている。

画面をタップしてPDFを開くと、ギッシリと詰め込まれた英文の記事が目に入ってきた。

かろうじてサリー・バリモアの話題であることが分かったけれど、すんなり読めるわけでなく、うっ、と私は息を呑み込む。

「良かったら、読みましょうか？」

察したホームズさんが、助け船を出してくれる。

私は情けなさを感じながら、お願いします、とスマホを差し出した。

彼は私のスマホを受け取って、画面に目を落とす。

「ああ、これは、米国の経済誌ですね。サリーのインタビュー記事のようです」

「私も、それはなんとか分かりました」

「十月に手掛けた美術展が大成功だったそうです。その美術展ですが、直前でタイトルを変えるという無謀なことをされたそうなんですよ」

えっ、と私は目を見開いた。

直前でタイトルを変えるとなると、作った広告などをすべて訂正しなければならない。どれだけ大変なことかは容易に想像がつく。

あの冷静なサリーが、そんなことをしたなんて、と私は驚いた。

「当初のタイトルは、フェルメールとメーヘレン展に続いて、第二弾の『光と陰』としていたそうなんですよ」

私がニューヨークにいた時、サリーが手掛けていた展示だ。

『真珠の耳飾りの少女（青いターバンの少女）』等で知られるフェルメールと、彼の贋作づくりをしていたメーヘレン。その二人の作品を展示することで、『光と陰』と銘打っていた。

「その第二弾のタイトルは、なんて名前に変更したんですか？」

「『envy《エンヴィ》』、つまりは、『嫉妬』です」

「嫉妬！」

私は大きく目を見開き、秋人さんは、へぇ、と洩らす。

「そりゃ、インパクトあるなぁ」

「そうですね。展示作品もルーベンスが描いた『カインを殺すアベル』をはじめ、ムンクの『嫉妬』、ジョン・ウィリアム・ウォーターハウスの『嫉妬に燃えるキルケ』と、人の嫉妬心にスポットを当てていることもあり、思い切ってタイトルを『嫉妬』に変えたそうです」

そのラインナップだけを聞くと、たしかに、『光と陰』よりも、『嫉妬』の方がしっくりきそうだ。

「このストレートなタイトルは人の心を打ったようで、大きな話題となり、好評だったフェルメール展を超す来場者数だったそうですよ」

ふむふむ、と私は相槌をうつ。

「それについてサリーはこう語っています」

素っ気ない訳になってしまいますが、と前置きをして、ホームズさんは記事を日本語に訳してくれた。

「『企画の段階でこの作品のラインナップを見た時、最初に「嫉妬」というタイトルが浮かんだのだけれど、私はそのままそれをタイトルにはできなかった。なぜかというと私は「嫉妬」という言葉がとても嫌いだったから。それは私の中に常に「嫉妬心」があったからだと思う。私はもうずっと、同じキュレーターの篠原陽平《しのはらようへい》の才能に嫉妬していた。でも、それを認めたくはなかった。しかし、あるきっかけから、私は長年仲違いしていた彼と和解することができた。同時に、彼に嫉妬してきた心を受け止められた。そうすると、なんだか楽になって、急に展覧会のタイトルも「嫉妬」に変更したいという衝動にかられた。多くの人に迷惑をかけてしまったし、無謀なことだったけど、やって良かったと思っている。結果が大成功でホッとしたのが本音でもある。けれど、もし失敗しても悔いはなかった。今回のことで自分の中の嫉妬を認めると、楽になれることを学ぶことができた。私自身、次のステージに上がることができたのだと思う。私がこんなふうに変われたのは、若き日本人キュレーター、真城葵のおかげだったと思っている。まだまだ見習いの彼女だけど、その真っすぐな瑞々しさは、私に大きなものを残し、与えてくれた。彼女には感謝している』——と、書いてありますよ」

「うおお、葵ちゃん、すげーじゃん！」

と、秋人さんが、興奮気味に身を乗り出す。

私は、信じられない、と呆然としてしまった。

「えっ、そんな……どうしよう。身に覚えが……」

私はそんな大層なことをした覚えがない。たしかに、サリーと篠原さんの仲を取り持とうと努力したけれど、結果的に二人は自分たちで仲直りしたのだ。

「まぁ、いいではないですか。サリーはあなたに感謝していると仰っているのですから。直接伝えず、このようにインタビューを介してなんて、彼女もなかなか粋《いき》ですね」

「そうそう、きっと葵ちゃんの将来も考えて、花を持たせてくれたんだな」

私はホームズさんが返してくれたスマホを受け取って、記事を確認した。

本当に『Aoi Mashiro』という文字があった。

ドキドキと心臓が強く音を立てている。

それにしてもよ、と秋人さんは、ホームズさんを見た。

「鑑定士とキュレーターは違うんだよな?」

そう問われて、ホームズさんは、ええ、と頷く。

「どちらも美術界に限っての話をしますが、鑑定士はその名の通り、鑑定を行う者です。キュレーターは、もっと仕事の幅が広く、鑑定眼と専門知識を生かして、企画の立案と展示会のプロデュースなどを行いますね」

なるほどねぇ、と秋人さんは相槌をうち、今度は私の方を向いた。

「俺はてっきり、葵ちゃんもホームズみたいな鑑定士を目指しているのかと思ったんだけど、『キュレーター見習い』なんだ？」

そう問われて、私は一瞬、言葉を詰まらせた。

ずっと私は、ホームズさんの側にいて、彼のような鑑定士になりたいと憧れてきた。

その一方で、ニューヨークで短い間だけど、キュレーターという仕事に携わり、魅力も感じている。

黙り込んだ私に、ホームズさんが小さく笑った。

「あなたは、まだ学生です。急いで答えを出す必要はないと思いますよ」

そう言われて、私は安堵の息をつく。

「……そうですね。ゆっくり考えようと思います」

ええ、とホームズさんが微笑む。

「そっか。でも今度、円生の展覧会を担当することになったんだろ？　それってキュレーター的な仕事ってことだよな？」

秋人さんの問いかけに、「あ、はい」と私は答える。

「この記事を見て、期待して観にくる関係者もいるんだろうな。がんばらなきゃだな、見習いキュレーター」

ニッ、と秋人さんがいたずらっぽく笑う。

ええっ⁉　と私は目を泳がせる。

ホームズさんが、秋人さんに一瞥をくれた。

「秋人さん、そんなふうに葵さんにプレッシャーをかけないでください」

「おー、悪い。でも、プレッシャーがあった方が、気合も入るもんじゃねぇ？」

なっ、と秋人さんは親指を立てるも、私は身を縮めて、そんなことないです、と小さくつぶやく。

それは、私の苦悩の始まりの午後だった。

第一章　船岡山プロジェクトと玄武の願い

1

十一月に入った今、ホームズさんは、骨董品店『蔵』に戻り、仕事をしていた。

『小松探偵事務所』での修業期間が終わったというわけではない。

今、事務所の所長である小松勝也さんの許に、プログラミングの仕事が殺到しているそうだ。

そのため探偵業務は実質、休止している。

ホームズさんは『蔵』に戻って仕事をし、もし大きな案件が入った際は、事務所に駆け付けるという約束をしているそうだ。

私はというと、以前のようにホームズさんと店番ができて、嬉しく思っていた。

これは、そんな平和な時に起こった、ちょっとした事件だ。

＊

「彼が浮気しているか調べてもらいたいんです」

骨董品店では、およそ聞くことがないであろう言葉が『蔵』の店内に響く。

カウンターの中にいた私とホームズさんは、思わず顔を見合わせた。

今、私たちの前には、二人の女性が座っている。

一人は五十代前半の和服を着た美しい女性。

彼女の名前は、田所敦子《たどころあつこ》さん。

祇園で華道教室を開きつつ、実は地下で秘密クラブを経営している。

ホームズさんは以前、小松探偵事務所での仕事を通して、彼女と知り合ったそうだ。

その隣で二十代半ばのワンピースを着た女性が、涙ぐんでいる。

『浮気を調べてほしい』と言ったのは、この人だ。彼女も美しく、一見すると母娘のようだけれど、そうではない。

彼女の名前は、浅井智花《あさいともか》さん。敦子さんの華道教室の生徒だそうだ。

私たちの自己紹介は済んでいた。

「清貴さん、智花ちゃんのお願い、聞いてやってくれへん？」

敦子さんは、隣に座る智花さんの両肩を抱くようにして、ホームズさんを見上げる。

「……………」

ホームズさんは、無言で額に手を当てていた。

彼は黒いベストに白いシャツ。二の腕にはアームバンドという、いつもの『蔵』のスタイルだ。

そう、小松探偵事務所で修業中の身とはいえ、ここは骨董品店。今の彼は鑑定士だ。

素行調査の依頼がくるのは、困るだろう。

彼の心中を察して、私は微かに頬を引きつらせる。

ホームズさんは一拍置いてから、にこりと微笑んだ。

「敦子さん、探偵のお仕事でしたら、小松さんを訪ねていただけませんか？」

「嫌やわ。それはもちろん小松さんのところに顔を出して、『清貴さん、いはる？』て訊いたんやで。そしたら、ここにいるて言うから来たんや。それに、今あの人、パソコン関係の仕事で忙しいんやろ？　どうせお願いしても、結局は清貴さんにお願いてことにならはるやろ。うちらも、清貴さんにお願いしたいし」

敦子さんは口に手を当てて、ころころと笑う。

さすが、京女だ。

ホームズさんは、たしかにそうですね、と小さく息をついた。

「小松探偵事務所でも素行調査を扱っています。費用は世間の相場と合わせているんですよ。場合によって変わりますが、一時間あたりこのくらいでしょうか」

ホームズさんはそう言って、電卓を叩く。

出した数字を見せると、智花さんは、えっ、と驚いたように顔を上げた。

「こんなにかかるんですか？」

「ええ、ですから、依頼人は調査員に浮気が疑われる日時をしっかりと伝える必要があります。ですが、それでも証拠をつかめないこともある」

ホームズさんの言葉に、智花さんは動揺しているようだ。

かかる費用のことなど考えずに、勢いで相談に来てしまったように見える。

「調査対象は、ご主人ではなく恋人……交際相手なんですよね？」

智花さんは、こくりと頷いた。

「まだ結婚してません。でも、婚約者なんです」

なるほど、とホームズさんは腕を組む。

「何がきっかけで浮気という疑いを？」

彼女は俯き、膝の上でギュッと拳を握った。

「彼はとても素敵な人なんです。私には釣り合わないような人で、実際にいろんな人に『あなたとは釣り合わないように思える』って言われることもあるくらいで」

その言葉に私は驚いた。

智花さんはとても美しい女性だ。そんな彼女が釣り合わないと思い、さらに人から直接、そんなことを言われてしまうなんて、相手は一体どんな人なのだろう？

「彼も最初、私なんか眼中になかったんですよ。でも、好きなのでがんばってアタックしていたんです。そうすることでようやく振り向いてくれて、交際に至りました」

話を聞きながら、相手はもしかしたら芸能人なのかもしれない、と私は予想していた。

それなら、一般人の智花さんが釣り合わないと思ったのも、なかなか相手にされなかったのも、納得がいく。

「交際してからの彼は、それまでなびいてくれなかったのが嘘のように、優しくて、私を大切にしてくれました。そして婚約までできたんですよ」

智花さんは嬉しそうに言ったあと、顔を曇らせた。

「婚約した数日後、私は誕生日を迎えたんです。二人で過ごせるのを楽しみにしていたんですが、その日の朝、彼は仕事が立て込んでるからって、今日は一緒に過ごせないと言って会えなかったんですよ。思えば、それから彼の様子が変わってきたんです。一緒にいてもどこか上の空だったり、理由をつけて前ほど会ってくれなくなったり……。そしてこれは先日分かったことなんですが、会えなかった私の誕生日、その日、彼は仕事をしてなかったようなんです……」

ホームズさんは、ふむ、と相槌をうつ。

「それで、彼は浮気をしていると？」

「きっと、そうだと思うんです」

「彼に問い質してみたのでしょうか？」

「いいえ」

「素行調査を依頼しようと思ったのは、白黒ハッキリさせるためですよね？」

ホームズさんに問われて、彼女の肩がぴくりと震えた。

「……はい」

「浮気が明らかになったら、婚約を破棄しようと思ってるわけですか？」

ホームズさんに突っ込んで問われ、彼女は下唇を噛む。

婚約を破棄したいわけではないようだ。

「探偵に依頼して調査結果を出すというのは、お互いにとってハードなことだと思います。

もし、あなたがご結婚なさっているのでしたら、そうしたことも必要となってくるかもしれませんが、まだ婚約の状態です。誰かに結果を出してもらうより、ご自分で動いてみた方が良いのではないかと思うのですが……」

それはそうだろう。

もし、彼女が彼と別れたいなら話は別だ。相手が非を認めず、別れられないならば調査も必要かもしれない。

けれど、彼女は彼が好きで、できれば婚約を破棄したくないのだ。

「……自分で結果を出すのが怖いから、誰かに明らかにしてもらいたいんです」

彼女は小刻みに震えながら、口を開いた。

ホームズさんは、何も言わずに彼女を見た。

「訊くのが怖いんです。『他に好きな人ができた？』とか『婚約を解消したい？』って、何度も喉元まで出たんですけど、怖くて訊けなかったんです」

その気持ちがよく分かり、私は、目に涙を浮かべている智花さんを前に部外者だと自覚しながらも、思わず訊ねてしまった。

「智花さんは、誰かに引導を渡してもらいたかったんですよね……？」

私の問いに、彼女は涙を溜めた目で頷く。

「調査の結果、浮気が明らかになったら、私は自分から立ち去ろうと思ったんです」

私はまたも共感してしまい、胸がずきずきと痛んだ。

「……智花さんの気持ち、とてもよく分かります」

私は独り言のようにつぶやいて目を伏せる。

私も同じ立場になったら、怖くなるだろう。

いっそ、誰かに明らかにしてもらいたい。

その結果を見て、逃げるように立ち去りたいという気持ちは理解できた。

智花さんが潤んだ目で、私を見上げた。

「もし、葵さんが私の立場でもそうしますか？」

彼女に問われて、私は、えっ、と戸惑う。眉間に皺を寄せて考えた。

「……心情としては共感できるんですが、私ならすぐ本人に訊いてしまいそうです」

「葵さんは、お強いんですね」

いいえ、と私は首を振る。

「そういうんじゃなくて、自分が好きになった人だから信じたいんですよね。何かの間違いであってほしいとギリギリまで信じていたいんです。それで裏切られていたら、本当に諦めがつく気もしますし」

私がそう言うと、彼女は大きく目を見開いて、ぷっ、と笑う。

「それ、やっぱり、強いですよ」

そうなのだろうか？

彼女はしばし黙り込み、ややあって小さく息をついた。

「でも、そうですね。私も彼を信じてみようかな。怖いけど、ちゃんと訊いてみようと思います。だって、どうせ、彼の許から去る覚悟をしていたくらいだし」

彼女はそう言って、少し晴れやかな顔を見せた。

私が、はい、と答える横で、ホームズさんも、ええ、と頷いている。

「それが一番だと思いますよ」

すると敦子さんが、あら、と少し面白くなさそうに目をぱちりと開く。

「智花ちゃん、それで本当にええのん？　私は、ちゃんと調べてもろて真実を明らかにするのもアリやと思うんやけど」

「ありがとうございます。でも、まず、自分の力でがんばってみようと思います」

「あなたがええんやったら、それでよろしいんやけど」

敦子さんはそう言って肩をすくめて、ホームズさんを見た。

「そういうわけで、突然押しかけながら、こんなことになってごめんなさいね」

いえいえ、とホームズさんは首を振る。

「ご自分たちで解決できるのでしたら、それが一番だと思いますので」

そうやね、と敦子さんは、目を弓なりに細める。

彼女たちは、礼を言いながら『蔵』を後にした。

2

彼女たちの姿が遠ざかるのを確認し、私はホームズさんに頭を下げた。

「部外者の私がしゃしゃり出てすみません。しかも、結果的にお仕事の邪魔をしてしまったみたいで……」

申し訳なく思うも、ホームズさんは、いえいえ、と胸に手を当てた。

「そもそも僕は、素行調査が好きではないので、回避できて本当に良かったです。ありがとうございました」

「そんな……小松さんに怒られますよ？」

「いいんですよ。今は基本的に休止中ですから。それに、もし、休止中じゃなくても、自分たちで向き合うよう、促したと思いますし」

そうでしたか、と私は少しホッとする。

「智花さんの彼、本当に浮気をしているんでしょうか?」

「……おそらく、何か別の事情か、やきもちが引き起こした勘違いでしょうね。嫉妬は時として事実を歪《ゆが》めてしまうものですし」

「どうして、そう思うんですか?」

「もし、彼が本当に浮気をしているなら、逆に智花さんの誕生日はきっちりお祝いをするはずです。男は後ろめたいことがある方が、マメになるものです」

さらりと言うホームズさんに、私は顔を引きつらせる。

その時、ホームズさんのスマホが振動したようだ。

彼はポケットの中から取り出して、画面を確認する。

父ですね、と洩らして、スマホを耳に当てた。

「――はい」

『あ、清貴、わたしだよ』

という店長の声が、私にも届いた。

『回覧板を渡し忘れていたから、チェックしてまわしておいてほしいんだ。引き出しに入ったままになっているから』

「またですか？」

ホームズさんの言葉に、店長は早口になった。

『いやはや、すまないね。そうそう、それと、君が会いたがっていた光岡さんが、今から書類を届けに来るそうだよ』

そう言う店長に、ホームズさんは、ああ、と笑顔を見せる。

「そうでしたか。分かりました」

『それじゃあ、よろしく頼むよ』

ホームズさんは通話を終えるなり、引き出しを開ける。

中に入っていた回覧板を取り出して、

「手元にきてから、随分日が経ってしまっているじゃないですか……」

ホームズさんは呆れたように息をついた。

「店長は時々、回覧板をどこかに入れっぱなしにしていますよね」

ええ、とホームズさんは眉根を寄せ、

「こうやってしまい込まずに、カウンターの上に置いといてくれたら、ちゃんとチェックしてまわすのですが……。ああ、もう、このイベントなんて、終わってるじゃないですか」

と、ぶつぶつ言いながら、組合のお知らせに目を通してサインをしていた。

「私、まわしてきますよ。美恵子《みえこ》さんのところでしたよね？」

回覧板は、基本的に隣へ渡すものだ。だがこの商店街では、いつの間にか店が変わってしまったりといろいろあり、隣から隣へという順番ではなくなっている。『蔵』の次は、少し歩いた洋装品店に届けることになっていた。

「すみません」

ホームズさんは会釈をして、私に回覧板を差し出す。

「いえいえ、お安いご用です」

「遅れていたので、怒られてしまうかもしれませんが……」

私は少したじろぐも、大丈夫です、と回覧板を胸に抱く。

「怒られると言っても、馴染みの美恵子さんですし」

「そうですね。きっとお茶を出してくれると思いますよ。ゆっくりしてきてもらって大丈夫ですから」

「はい」

私が店を出ようと歩き出した、その時だった。

カラン、とドアベルが鳴って扉が開き、客人が姿を見せた。

「お邪魔します……」

遠慮がちに入ってきたのは、セミロングの髪をハーフアップにした、ビジネススーツ姿の女性だった。

目がとてもぱっちりとしていて、美人というより可愛らしいタイプだ。

テレビに出ていても不思議ではないほど、目を惹く容姿をしている。どこかで見たことがある気がするから、もしかしたら本当にタレントさんなのかもしれない。

私は目を奪われながら、「いらっしゃいませ」と伝えると、彼女はぎこちなく会釈をした。

ホームズさんは、彼女の方に顔を向けて、いつものように微笑む。

「ああ、光岡さんですね、こんにちは」

その名を聞いて、店長の言葉を思い出す。

彼女が『光岡さん』。ホームズさんが会いたがっていたという人。

「こ、こんにちは、清貴さん。お会いできて嬉しいです」

彼女は緊張気味に言って、カウンターに歩み寄っていた。

光岡さんは、ホームズさんを前に、ほんのり頬を紅くさせている。

どうやら、二人は初対面ではあるものの、互いに知ってはいるようだ。

目を惹く可愛らしい女性とスマートなホームズさんが、カウンターを挟んでにこやかに会話をする姿は、まるでドラマでも観ているかのようだ。

ふと、お似合いだ、と思ってしまった。

同時に自分とは釣り合わない、と話していた智花さんの言葉が頭を過る。

そんな考えを振り払うように、

「それじゃあ、行ってきます」

私は明るい声でそう言って、回覧板を手に店を出る。

そのまま、足早にアーケード内の洋装品店へと向かった。


「こんにちは」

私は明るい声で言いながら、洋装品店に入る。レジカウンターの中に、初老の女性・美恵子さんの姿があった。

彼女は、私を見るなり顔をくしゃくしゃにして歩み寄る。

「葵ちゃん、なんや久しぶりやなぁ」

「本当ですね。美恵子さん、最近、『蔵』にいらっしゃらないから」

「かんにんやで。清貴ちゃんがいいひんかったら、美味しいコーヒーも飲めへんし、ついつい、ご無沙汰してしもて。寂しかったやろ」

相変わらずな様子に、私は笑いながら頷く。

「はい、寂しかったです。でも今、ホームズさん、店に戻ってきてるんですよ」

「修業終わったんやろか」

「いえ、たまたまなんですけど……」

私はそこまで言って、そうそう、と回覧板を差し出す。

「あっ、これ、回覧板です。なんだか遅れていたみたいでして、すみません」

「店長やろ」

即座に言う美恵子さんに、私は肩をすくめる。

「ほんまあの子は、原稿に夢中になってしもたら、なんでも後回しにするし」

店長を『あの子』と呼ぶ彼女に微笑ましさを感じた。

「そうや。葵ちゃん、せっかくやし、お茶でも飲んでいかへん？」

いつもなら、私は笑顔で『ぜひ』と答えただろう。

だけど今は、どうにも落ち着かない気分だった。

こうしている間、ホームズさんとあの可愛らしい光岡さんが二人きりで店にいる。

そう思ったら、一刻も早く店に戻りたいという気持ちになってしまっていた。

「もしかして、はよ戻らなあかんの？」

「あ、いえ。そんなことは」

「ほんなら良かった。そこ座り、『京都祇園あのん』さんのお菓子をもろたんや」

「初めて聞きます……」

と、私は椅子に腰を下ろす。

「餡子《あんこ》にこだわった新しい雰囲気のお店やねん。もろたのは、この『あんぽーね』っていうセットなんやけど」

そう言って美恵子さんは、小瓶を二つと、何も入っていない小さな最中が数個並んでいる箱を出した。小瓶には小豆色とクリーム色のジャムのようなものがそれぞれに詰まっている。説明書を見ると、小豆色は『粒あん』でクリーム色の方は『ますかるぽーね』だそうだ。

「この最中《もなか》に、自分で『粒あん』と『ますかるぽーね』を詰めて食べるんや」

「なんだか楽しそうですね」

「ほら、食べよし」

と、美恵子さんはおしぼりを出して、お茶の準備を始める。

私はおしぼりで手を拭い、いただきます、と半分に割れた状態の最中を手に取った。

そこに『粒あん』と『ますかるぽーね』を詰めて、もう半分の最中で蓋をするように挟んで、そっと口に運ぶ。

最中は驚くほどにサクッとしている。

甘すぎない粒あんと、クリームのようなチーズの風味が絶妙だ。

「美味しいです。そしてなんだか、新しいですね」

「そやろ。新しい和菓子やな」

美恵子さんは胸を張って言う。

美味しいお菓子のお蔭で、気持ちが明るくなった。

それにしても、と私は小首を傾げる。

これまでも、ホームズさんの周りには、和泉《いずみ》さんや慶子《けいこ》さんなど、綺麗な女性がいた。

もちろん、その都度、胸は騒いだ。

けれど、最近は、そんな気持ちにはならなかったのに……。

どうして、光岡さんに対してだけ、こんなにも引っかかったのだろう——？


小一時間後。

私は、美恵子さんの洋装品店を出て、『蔵』へと戻った。

「ただいま戻りました」

店に足を踏み入れると、既に光岡さんの姿はなかった。

「あれ、お客様は？」

「お帰りになられましたよ」

ちょうど入れ違いだったようだ。ホームズさんは、トレイの上に彼女が使ったであろうカップを載せている。

私は少しホッとしながら、カウンターの中に入る。

「私が洗いますよ。ホームズさんは、帳簿の続きをお願いします」

「すみません。ありがとうございます」

「いえいえ」

トレイを手に、そのまま給湯室に入る。

光岡さんって、どういう方なんですか？

どういったご用件でここに来たんですか？

……と、彼女のことについて、あれこれと質問したかったけれど、胸に嫉妬心のようなものを抱いてしまっている後ろめたさから、訊くことができなかった。

カップを洗っていると、

「美恵子さんは、やはり怒っていましたか？」

カウンターからホームズさんが問いかけてきた。

「はい、店長に対してですけど。そして美味しいお菓子をいただきました」

私は、美恵子さんのところにいただいたお菓子の話をする。

ホームズさんは、そうでしたか、と優しい口調で答える。

洗い終えた私は給湯室から出て、いつものように掃除を始めた。

商品に薄っすらとある埃を丁寧に取り除いていくうちに、冷静になっていく。

ホームズさんは、『嫉妬は時として事実を歪めてしまう』と言っていた。

可愛い人が店に来たくらいで、こんなに動揺するなんて……。

結局のところ、私もただのやきもち焼きなのだろう。

そっと肩をすくめていると、

「そうだ、葵さん」

ホームズさんが思い出したように声を掛けてきた。

私は、はい、と振り返る。

「円生の展覧会のことですが……」

私の肩がぎくりと震えた。

「以前、仰っていたように、本当に十二月――クリスマスに合わせた日程の開催ということで、大丈夫でしょうか？」

日程を訊かれ、困って俯いてしまう。

このやりとりは、なんだか既視感がある。

そうだ、店長と編集者だ。

まったく原稿が進んでいない時に、編集者から『進捗どうでしょうか？』と電話が来ると、店長は肩を震わせて、身を縮めている。

その姿を、私は面白可笑しく見ていたけれど、今なら店長の気持ちが分かる。

まったくアイデアが浮かんでいない時に、進捗状況を問われると居たたまれなくて逃げ出したくなる心境にもなるものだ。

こんな時、どうしたら良いのだろう。

無理してでも『大丈夫です』と答えるべきだろうか？

店長はどうしていただろう……？

たしか、店長はこんな状況で、『十二月刊行で大丈夫でしょうか？』と編集者に問われた場合、自分の状況を隠さずに伝えていた。

その場しのぎで取り繕うのは、結果的に大きな迷惑につながるから、と店長は言っていたのだ。

それはそうだろう。

私は、ハタキを持つ手に力を込めて、しっかりとホームズさんを見た。

「あの、クリスマス時期に開催したいと思っていたんですが、今はまだ、どうしてもしっかりとしたイメージが湧かなくて……。日程を決定するのは、少しだけ保留にしてもらっても良いですか?」

そう告げると、ホームズさんは、分かりました、と微笑む。

「円生は『いつでもいい』と言っていましたし、僕の方も問題ありませんので」

「すみません」

私自身、円生作品のファンだ。

中途半端な状態で、決行したくない。

何より、サリーのインタビュー記事が出たことで、日本でも『真城葵って誰だ?』と話題にもなったそうだ。

私は、美術に特化したわけではない大学に通う、ただの学生だ。にもかかわらず、サリーの特待生に選ばれたというのも珍しがられて、今一部の人たちに注目されているのを感じている。

そんな私が、世界的な大富豪・ジウ・ジーフェイ氏が目を掛けた画家——蘆屋大成《あしやたいせい》、あらため、円生の企画展示を行うのだ。

いやが上にプレッシャーとなり、考えすぎて、硬くなってしまっていた。

とはいえ……。

「これが普通の、美術館の展覧会とかなら、こんな甘いことを言ってられないですよね。分かってはいるんですけど……」

自分の甘さに落ち込んで、息を吐き出す。

すると、ホームズさんは、そっと人差し指を立てた。

「では、こうしましょうか」

「えっ？」

「今月……十一月末までに、『決行』か『延期』かの回答を必ず出してください。個人宅を使っての展覧会とはいえ、それなりに準備が必要ですので」

ホームズさんは、いつものように口角を上げて微笑んでいる。それなのに、その目には一切の甘えが感じられない。

ピリッとした緊張感に、私は思わず背筋を正した。

「──はい。ちゃんと答えを出します」

そう言って頭を下げると、ホームズさんは、ふふっと笑う。

「そんなに、硬くならないでください。そうそう、香織さんや春彦さんと、京の町を良くする活動を始めるんですよね？」

「あ、はい。そんなことをしてる場合じゃないとは思っているんですが……」

いいえ、とホームズさんは首を振る。

「興味を持った活動をがんばってみてください。まったく別のことだとしても、何かに一生懸命になることで、ヒントを得たりするものです。それに僕はしばらく、『蔵』に常駐できますので、店のことは気にしなくても良いですから」

はい、と私は、気を引き締めながら頷いた。

3

〝京の町をもっと素敵にしたいプロジェクト〟略して『京もっと』の会合が開かれることになったのは、それからすぐのことだった。

会合の場所は大学内の教室であり、集められたメンバーは男女合わせて十数人。

机は口の字に並べられていて、皆はホワイトボードの前の席を避けた状態で着席している。

リーダーである春彦さんの姿はまだなく、皆は「急に招集がかかったけど、なんだろうね？」と愉しげな様子で語らっていた。

香織はメンバーを見回して、しみじみとつぶやく。

「今日は参加率高いわ」

「これで全員？」

私の問いに、香織は「たぶん」と答える。

「お昼休みだし、集まりやすいよね」

放課後は用事がある人も、昼の休憩時間なら気軽に顔を出せるもの。

かくいう私もそんな一人だ。

すると、がらり、と引き戸が開いて、春彦さんが現われた。

「みんな、今日は急にごめんね。集まってくれてありがとう」

相変わらず相手の警戒心を払拭するような人懐っこい笑顔で、手を合わせながら教室に入ってくる。

彼はあどけなさが残る童顔で、容姿も青年というより少年の雰囲気だ。香織が彼を『年上やけど弟みたい』と言っていた言葉が過り、私はあらためて納得した。

そんな春彦さんに続いて教室に入ってきたのは、スーツを着た太めの中年男性と、二十代半ばの女性だった。

二人とも初めて見る顔だ。うちの大学の関係者だろうか？

皆も同じように思っているようで、誰だろう？　と囁き合っている。

「『京もっと』に協力を願い出てくれた方々です。こちらの男性が、北区でイタリアンレストランを経営している傍ら、ボランティア活動にも尽力している佐田《さだ》さん。女性の方は、北区役所の職員の武井《たけい》さんです」

春彦さんが言うと、イタリアンレストラン経営者の佐田さんがくしゃくしゃにした笑顔で頭を下げた。

「はじめまして。梶原さんが紹介してくれましたが、自分はイタリアンレストランをやっている佐田豊《ゆたか》と申します。出身は神戸ですが大阪のホテルで修業して、今は北区に店を構えています。北区に決めたのは、船岡山《ふなおかやま》界隈の、住宅地でありながら、古き良き歴史と共存している雰囲気に惹かれたためでした。そうして店も十年続きまして、おかげさまで順調です。今は地域に貢献したいとさまざまな活動をしています」

続いて、女性が頭を下げる。

「私は、京都市北区役所の武井と申します。よろしくお願いいたします」

突然のことに戸惑いながら、私たちも頭を下げる。

「佐田さん、武井さん、どうぞおかけください」

春彦さんの言葉に、二人は会釈しながらホワイトボード前の椅子に着席した。

その端に春彦さんが腰を下ろす。

北区役所の武井さんは、皆の顔を見まわして、ぺこりと頭を下げた。

「『京もっと』さんのことは、先月の左大文字山《ひだりだいもんじ》のゴミ拾い活動を通して知りました。あらためて、本当にありがとうございました」

左大文字山とは、お盆に行われる『五山の送り火』に点火される山のひとつだ。

『五山の送り火』というと、全国的には『大』の字のイメージが強いだろう。よく、テレビでも『大』の字が紹介されている。

他府県の人たちがテレビを通して見ているのは、左京区の大文字山で点火される『大』の字であることが多い。

実は、『大』の文字を点火する山は、もうひとつある。

それが、北区の左大文字山だった。

武井さんに続いて佐田さんも、ありがとうございました、と頭を下げ、気恥ずかしそうに頭を掻いた。

「いや、役所の人間でもない私が礼を言うのも変な話ですが、この地域を愛している者としては、学生さんたちがそういう活動をしてくれているのが本当に嬉しくて」

そんな佐田さんの笑顔には、温厚な人柄が滲み出ているようだ。

私たちも自然と表情が柔らかくなる。

ところで、と佐田さんは皆を見回した。

「皆さんの中で、自分のような京都府外出身の方はいますか？」

そう問われて、私はそっと手を上げた。

自分くらいだろう、と予想したけれど、メンバーのほとんどが府外出身だった。

一瞬驚いたけれど、府外出身だからこそ、こういう活動に興味を持ったのだろう、と納得する。

「へぇ、結構、いらっしゃるんですねぇ」

と、佐田さんは、興味深そうに言う。

あの、と武井さんが問いかける。

「府外出身の方にお訊きしたいのですが、京都に来る前、北区の『左大文字』のことを知っていた、という方は手を挙げてください」

彼女の質問に、私は挙げていた手を下ろす。

『左大文字』どころか、『五山の送り火』という言葉すら知らなかったのだ。

恥ずかしく思うも、手を挙げなかった人が多く、少しホッとした。

すると、武井さんと佐田さんは、それなんです、と肩を落とす。

「全国に知れ渡ってもいいであろう『五山の送り火』のひとつ、『左大文字』ですら、このようにあまり認知されていないんです。私たちは、もっと北区エリアを全国の人に知ってもらいたいと思っていまして」

武井さんの言葉に、そうなんですよね、と佐田さんが同意する。

「北区には船岡山をはじめ、歴史と由緒ある社寺、情緒のある商店街と見どころがたくさんあるんですよ」

武井さんが、ええ、と頷いて話を引き継いだ。

「自分たちは、その界隈を『船岡山エリア』と呼んでいるのですが……その『船岡山エリア』を全国の人に広めるにはどうしたら良いか、お若い『京もっと』さんたちのアイデアとお力をお借りしたいんですよ」

彼らの説明を聞き、そういうことだったんだ、と私たちはようやく理解した。

ちなみに、と春彦さんが、武井さんを見て訊ねる。

「区役所さんとしては、『船岡山エリア』をどういうふうにしたいという希望というか、ビジョンはあるのでしょうか？」

それは聞いておきたい、と私はすぐにノートを開いて、ペンを手にする。

「うちの区長は、『船岡山エリア』を『恋人たちの聖地』にしたい、と言ってました」

その言葉を聞いて、皆は、ほお、と相槌をうつ。

私はノートを開き、『船岡山エリア』→『恋人たちの聖地』と走り書きする。

ふと顔を上げると、春彦さんも、ノートを開いて書き込んでいた。

自分たちが、町の活性化に携われる。

なんて素敵なんだろう、と私は胸を弾ませていた。

4

「――えっ、船岡山近辺を『恋人たちの聖地』にですか?」

ホームズさんは目を見開き、少し驚いたように振り返る。

授業を終えた私は、夕方に骨董品店『蔵』へバイトに入った。すぐに北区役所から依頼を受けた話をホームズさんに伝えたところ、返ってきた反応は意外なものだった。

てっきり、『それは素敵ですね』という言葉が返ってくると思ったのだけど……。

私は戸惑いながら、エプロンをきゅっと結ぶ。

「あ、えっと、変ですかね？」

今日の昼休みの会合で、私たち『京もっと』のメンバーは時間が許す限り、デートコースを考えた。

地図を広げて確認しながら、『船岡山エリア』は、ハイキングもできるし、社寺巡りもできる。『恋人たちの聖地』というのは良いかもしれない、と私を含め、『京もっと』のメンバーは、目を輝かせていたのだ。

失礼しました、とホームズさんは少し申し訳なさそうに眉を下げる。

「僕の中では、あのエリアは、先の戦《いくさ》のイメージが強すぎて……」

「先の戦って……」

「『応仁《おうにん》の乱《らん》』です」

きりっ、として答えるホームズさんに、ですよね、と私は肩をすくめた。

京の人間が『先の戦』といえば、『応仁の乱』。

最早、テッパンともいえる、京都あるあるネタだ。

今やジョークを交えつつ言っている人も多いだろう。

とはいえ、ホームズさんに限っては素で言っていそうだけど……。

私は気を取り直して、ホームズさんを見た。

「どうして、『応仁の乱』のイメージが強いんですか？」

『応仁の乱』は京の町全体に影響を及ぼしたであろう、歴史的な内乱のはず。

「特に、激戦地だったんですよ」

真顔で答える彼に、私は、はわわ、と目を泳がせる。

「そうだったんですね……」

かつて熾烈《しれつ》な戦いが繰り広げられた地を『恋人たちの聖地』と言われてしまったら、ホームズさんも思わず目を丸くするだろう。

「それじゃあ、『恋人たちの聖地』にと考えるのは、無謀な話でしょうか?」

私が問うと、ホームズさんは、うーん、と唸って、腕を組む。

私は、そうだ、と手を叩いた。

「『船岡山エリア』に、恋に効く社寺があったりしませんか?」

たとえば、と私は北区役所からもらった北区の地図を開く。

「この『玄武神社《げんぶじんじゃ》』とか」

と、『玄武神社』の場所に人差し指を当てた。

ホームズさんは腕を組んだまま、そっと首を傾ける。

「『玄武神社』は、その名の通り、『青龍《せいりゅう》』『朱雀《すじゃく》』『白虎《びゃっこ》』『玄武《げんぶ》』といった守護四神の一柱。京の北を守護する『玄武』の神社です。災厄を鎮《しず》めて、無病息災《むびょうそくさい》を願うところなので、『恋』

のイメージはあまりないですね……」

『あまりない』と遠慮がちに言いながら、彼の顔には『まったくない』と書いてある。

「それじゃあ、ええと、『建勲神社《けんくん》』はどうでしょう？　恋に効きますか？」

「……あそこの主祭神は、織田信長《おだのぶなが》ですよ？」

さらりと答えたホームズさんに、私は動きを止めた。

――織田信長。

現代まで『第六天魔王《だいろくてんまおう》』などという異名が残る武将だ。

歴史ドラマなどで観た、猛々しい武将の姿が脳裏を過る。

「……そうですね。それは、『恋』ではないですね」

どちらかというと、勝負ごとに効きそうだ。

がっくりと肩を落とす私に、ホームズさんは、くっくと笑った。

「わ、笑わないでください」

「すみません。あまりにあなたが一生懸命なのでつい。その二つの神社は、『恋』とは違っていますが、このエリアには他の社寺もあります。たとえば、『今宮神社《いまみや》』でしたら、玉の輿のご利益でも知られていますし、『大徳寺《だいとくじ》』の境内にある『高桐院《こうとういん》』には、細川忠興《ほそかわただおき》と細川ガラシャという仲睦まじかった夫婦の墓もありますよ」

そう話すホームズさんに、「そうでしたね」と私はポケットからメモとペンを取り出して、さらさらと書き込む。

今宮神社、高桐院、と神社の名を書きながら、懐かしさに頬が緩んだ。

「どちらも行きましたよね……」

『今宮神社』には、利休《りきゅう》くんのお父さんの左京《さきょう》さんも一緒だった。

皆で食べた参道のあぶり餅が美味しかったのが忘れられない。

『大徳寺』では、緑が美しい『高桐院』に胸を打たれ、細川夫妻の強い夫婦愛に目頭が熱くなったものだ。

「懐かしいですね」

「はい。ホームズさんが仰るように、これらの社寺なら、『恋人たちの聖地』にもなりそうです」

私は、メモ帳に目を落としながら、笑みを浮かべるも、ホームズさんは「ですが」と苦笑した。

「社寺に来てもらうだけでしたら、『「船岡山エリア」の活性化』とまではいかないでしょう。そもそも、その二つの社寺は元々有名ですし」

「あ、たしかにそうですよね……」

もし、今宮神社と高桐院が、本当に『恋人たちの聖地』になったとしても、そこにだけ行って終わってしまえば、これまでとさほど変わらない。

他のところもまわってもらえる工夫が必要ということだ。

それにはどうしたら良いか。

もし、自分だったらどうだろう?

誰かに『「船岡山エリア」は良いところだから遊びに行ってみて』と提案してもらえたとする。そうしたら、私は必ず、『どこがオススメ?』と訊ねるに違いない。

そうか、と私は顔を上げた。

情報をまとめたうえで提供する必要があるということだ。

「『船岡山エリア』のオススメや、楽しくまわれるルートを考えて、そのマップを作ってみたら良いかも……」

ぽつりとつぶやくと、ホームズさんは、ええ、と頷く。

「僕も同感です」

その様子からホームズさんはとっくに思いついていたけど、あえて口にしていなかったことが窺われた。

私自身に考えさせ、答えを出すのを促していたようだ。

そんなホームズさんの厚意はありがたいけれど、少し悔しさも感じる。

「マップもホームズさんが作ったら、素晴らしいものができそうですよね」

つい、口を尖らせながら言うと、彼は、いえいえ、と首を振った。

「僕の感性は、古臭い歴史に囚《とら》われすぎていますので、もしかしたらご年配の方には喜んでもらえるかもしれませんが、若い方々には刺さらない気がします」

その言葉に、私は思わず笑ってしまった。

「『船岡山』と言ったら、『先の戦』という言葉が出てきましたものね」

そうなんですよ、とホームズさんは頷く。

「ぜひ、葵さんたちの瑞々しい感性を生かして、楽しくまわれる『船岡山エリア』のマップを作成してください」

「はい。みんなで力を合わせて、素敵なものを作れたらと思います」

「楽しみにしていますね」

私は、がんばります、とメモ帳をポケットにしまう。

「そうだ、作ると言えば……」

私は自分が発した言葉から、ふと、ショーウィンドウのことを思い出した。

「もう十一月ですし、ショーウィンドウの展示を変えたかったんです」

「そういえば、十月のままでしたね」

「そうなんです。あの、二階で在庫を探っても良いですか？」

二階は、『蔵』の倉庫だ。一階の在庫はある程度把握しているけれど、二階には未知のお宝がたくさん埋まっている。

もちろんです、とホームズさんは頷く。

「すみません、それでは、二階に籠《こも》りますね。ついでに掃除もしてきます」

私は会釈をして、ハタキや雑巾を手に階段を上がる。

その時、ホームズさんのスマホが鳴ったようで、「――はい」と、耳に当てて答えた。

『あ、俺だよ、俺』

秋人さんの大きな声が、階段を上りかけている私の耳にも届いた。

ホームズさんはスマホを少し耳から離して、不機嫌そうな声を出す。

「もっと静かに話せませんか？　そして、あなたは『振り込め詐欺』ですか？」

『お前の親友だよ』

「心当たりがないので、切ってもよろしいでしょうか？」

ひでぇ、と秋人さんは言う。

ホームズさんは、冷たい言葉とは裏腹に、とても楽しそうだ。

「で、なんでしょうか？」

『あのこと、どうなった？』

「ああ、まだ、何も……」

ホームズさんはカウンターの方に移動したようで、秋人さんの声が聞こえなくなる。

あのことって何だろう？

そんな疑問が浮かびつつも、私はさほど気にせずに階段を上る。

二階に辿り着く直前だった。

「僕ですか？　僕としては、光岡さんが良いなと思っているんです」

そんなホームズさんの言葉が耳に届いて、私は足を止めた。

「――ええ、実は好みなんですよね。僕はなんだかんだと見た目に拘《こだわ》ってしまうところがありまして……」

心臓が嫌な音を立てる。

私は、階段を数段下りて、そっと一階を覗いた。

だが、ここからは、ホームズさんの姿は見えない。

彼はきっと、私がとっくに二階に行ってると思っているのだろう。

「ええ、あくまで『好み』の話ですよ。まだ何も決まってません」

そっか、と私は苦い気持ちで、二階へ上がる。

たしかに、光岡さんはとても可愛い人だ。

この前、香織との会話で、ホームズさんの好みについての話題が出てから、チラリと考えることがあった。

そもそも、ホームズさんは、どんな女性が好みなのだろうか、と。

「そうだったんだ……」

と、私は静かに囁く。

ホームズさんは、光岡さんのような女性が好みだった。

私が光岡さんに対して過剰に反応したのは、もしかしたら、『女の勘』が働いたのかもしれない。

仕方ない。誰にだって容姿の好みはあるだろう。

ホームズさんは、そうした好みを取っ払って、私を選んでくれたのだから気にすることなんてない。

そう思おうとするも、私は寂しい心持ちで、大きく息をつく。

「……駄目だ」

こんな心境で良いディスプレイができる気がしない。

今日はやめておこう、と階段を下りた。

一階に戻るとホームズさんは、すでに電話を終えていた。

私を見るなり、彼は目を見開き、

「葵さん、大丈夫ですか？」

と、心配そうに歩み寄ってくる。

私は戸惑いながら、ホームズさんを見上げた。

「足取りが重いですし、顔色がとても悪いです。具合が悪くなって、すぐ下りてこられたんですよね？」

相変わらず、鋭い人だ。だけど、具合は悪くなかった。

「あ、いえ」

『今の会話、聞こえてしまったんですけど、ホームズさんは、光岡さんのような方が好みだったんですね？』

――そう訊ねようとするも、あまりに嫌らしくて口を噤む。

「大丈夫ですか？　貧血とか？」

オロオロしながら私の顔を覗くホームズさんの姿に、胸が詰まった。

元々の好みはどうあれ、ホームズさんはこんなに私を大切にしてくれている。

くださいで休んでいてそれまでソファーで休んでいて

「すみません、大丈夫です」

「大丈夫じゃないです。父が戻りましたら送りますので、それまでソファーで休んでいてください」

ホームズさんは、私をそのまま抱き上げた。いわゆる、『お姫様抱っこ』だ。

私はホームズさんの腕の中で、ギョッと目を見開く。

「ほ、本当に大丈夫ですよ」

「いえ、あなたはすぐに無理をするから信用できません。あなたは僕の大切な人なんですから、どうかご自分を大切にしてください」

彼は少し怒ったように言いながら、私をソファーに運ぶ。

「……ちょっと、寂しい気持ちになっただけなんです、ごめんなさい」

ぽつりと零すと、ホームズさんは「えっ?」と訊き返した。

なんでもないです、と私は首を振り、ばつの悪さに目を伏せた。

5

翌日の昼休み、再び『京もっと』の会合が開かれた。

リーダーである春彦さんがホワイトボードの前に立ち、『「船岡山エリア」を恋人たちの聖地に計画』と、赤字で書いていた。

つい、ホームズさんが言っていた『先の戦の激戦地』という言葉を思い出し、私は苦笑する。

「では、この計画について、みんなの意見をもらえるかな？」

春彦さんが書き終えて、くるりと振り返った瞬間、さっ、と香織が手を挙げた。

「はい、香織さん」と春彦さん。

さっき葵と話したんですけど……、と香織は前置きをしてから発言した。

「思えば『船岡山』エリアって、『応仁の乱』の激戦地なんですよね？　そこを『恋人たちの聖地』にするのは、無理があったりしぃひんのかなって」

そう、この会合が始まる前、私は香織にホームズさんとのやりとりを伝えていた。

そのことをまさか香織が言ってくれるとは思わず、私は少し驚きながらも、それを伝えてくれて嬉しくも思った。

『応仁の乱』の激戦地であったことをスルーして話を進めるのも、モヤモヤしそうな気がしていたからだ。

メンバーのほとんどは府外出身者であり、そうなんだ？　と驚きの顔を見せていた。

一方、リーダーの春彦さんは、そうなんだよね、と答える。

「船岡山に西陣の要塞が築かれたくらいだし」

知ってたんですか？　と、私と香織の声が揃った。

春彦さんは、うん、とあっさり頷いて、話を続けた。

「でもさ、ずっと、血塗られた地のままじゃなくていいと思うんだ」

「それは、どういうことですか？」

そう問うた香織に、私やメンバーたちも同じ気持ちで耳を傾ける。

「たとえば、鴨川の河原。今や恋人たちの憩いの場になっているけど、かつては処刑場で、遺体が並べられていたようなところなんだ。でも現在は、そんな雰囲気すらなくなっているよね。それは、そんな暗い過去を吹き飛ばしてくれるような恋人たちの幸せな想いや、鴨川を好む人たちの楽しい気持ちのお蔭だと思うんだよね。だから、この『船岡山エリア』もさ、今の鴨川のように、かつては凄惨な土地だったとしても、現代は恋人たちが幸せになれるエリアになったら素敵だな、って僕は思うんだ」

そう言って、はにかんだ春彦さんに、私は心から感心した。

それは皆も同じだったようで、気が付くと拍手が沸き起こっていた。

「や、やだなぁ、やめてよ」

春彦さんは頬を赤くして、頭を掻いている。

私は、隣に座る香織をちらりと見て、そっと耳打ちをした。

「香織、春彦さんって、素敵な人だね」

こんなふうに言ったのは、つい、香織の気持ちを知りたいと感じたからだ。

春彦さんを異性として見ていないと話していたけれど、それが本心とも思えない。

香織は、そやろ、と微笑んで頷く。

「めっちゃ素朴でええ人なんや」

「だよね。春彦さんと目黒さんがまだ付き合ってるままだと思ってる人が多いみたいだし、もし、フリーだって知ったら、アタックする人も出てきそうだよね」

「ほんまや。あの人なら、きっとすぐ彼女できるやろ」

「……うん」

やはり香織は、春彦さんに対して、特別な感情を抱いていないようだ。

そう思いながら香織を見る。

香織は、春彦さんを目で追っていて、顔を綻ばせていた。

「………」

こうした香織の姿を見ていると、春彦さんに気持ちがあるように思える。

けれど、彼女の言葉からは、強がっている様子は感じられない。

香織の本当の気持ちは、どうなっているんだろう?

その後、私たちは、すぐに船岡山エリアを活性化するための話し合いに入った。

ホワイトボードには、『地域の良さを知ってもらう』→『マルシェを開催』や『恋人たちの聖地化』→『マップを作る』といった案が書かれている。

マップを作るとしても、一枚の紙にするのか、冊子にするのかと意見を出し合う。

春彦さんが、そうそう、と片手を挙げた。

「『建勲神社』は大願成就でも知られているみたいなんだ。恋愛も大願には違いないし、恋のルートに入れてもいいかなと思うんだけど、みんなはどう思う?」

その問いかけに、「たしかに、大願成就には恋愛も含まれるよね」と皆は同意した。

私はホワイトボードに目を向ける。

そこにはエリアを『恋人たちの聖地』にするためのアイデアの数々が、箇条書きに記されていた。それはすべて、素敵なものだ。

だけど、少し思うことがあり、私はそっと手を挙げた。

「はい、葵さん」

私は会釈をしてから、発言した。

「『船岡山エリア』を『恋人たちの聖地』にするという計画は、とても素敵だと思うんです。その一方で、『応仁の乱』という歴史も忘れちゃいけないですよね。特に『応仁の乱』って誰もが知っているけれど、よく分からないという人も多くて、そんな歴史について伝えていけて、学べる場所でもあったら良いな、と思いまして……」

と、遠慮がちに告げると、皆は、たしかにね、と洩らす。

春彦さんは、うん、と頷いた。

「そうだね。かつての激戦地を『恋人たちの聖地』へと変貌させる。それとともに、『応仁の乱』という痛ましい歴史も忘れてはならない。それを伝えられる場所でもあってほしいよね」

春彦さんがそう言うと、皆は、うんうん、と頷いている。

「葵、めっちゃ素敵な意見や」

ありがとう、と私は、はにかんだ。

「そうそう、葵、今日バイトは？」

「ううん、今日はない」

「ほんなら、放課後、『船岡山エリア』をまわってみぃひん？　マップ作りをするのに、お店の散策に」

「うん、行きたい」

本来、今日はバイトのシフトが入っていたのだけど、昨日の私の具合が悪そうだったという理由で休みになったのだ。あの後、私がどんなに断ってもホームズさんは頑として譲らず、店長が店に戻るなり、私を家まで送ってくれた。

昨日のことを思い出すと、申し訳なさと、モヤモヤが交差して、居心地の悪い気分になる。

けれど、もう、頭から切り離そうと思っていた。

こうして、何かに一生懸命になるというのは良いことだ。

6

放課後、私と香織は『船岡山エリア』をまわることにした。

まず、簡単な順路を作成する。

ルートは、二種類。
①社寺をまわる『歴史探索コース』。

②カフェやショップ巡りを楽しむ『町ブラ散策コース』だ。
今日はそれほど時間がないため、『町ブラ散策コース』をまわることにした。

新大宮《しんおおみや》商店街を下りながら、鞍馬口通《くらまぐちどおり》へと向かう。

界隈《かいわい》には思ったよりもカフェやお洒落なショップ、体験できるカルチャースクールが多く、とても興味深い。鞍馬口通には、船岡温泉という銭湯と、その近くに銭湯をリノベーションした趣のあるカフェがある。

たくさん歩き回って疲れ切った私たちは一息つこうと、そのカフェ『さらさ西陣《にしじん》』へ向かった。

「本当に銭湯カフェだ」

私は、わあ、と洩らして、建物を見上げる。

唐破風《からはふ》のどっしりとした店構え。

「なんていうか、すごいね」

「ある意味、新しいやろ」

「うん」

私たちは、銭湯カフェの中に入ろうとして、その隣にも素敵なショップがあることに気が付いた。

そこは、町家をリノベーションした建物で、『藤森寮《ふじもりりょう》』と記されている。

「隣の建物も素敵だね」

「いつも素通りやったけど、ほんまやね」

ここもチェックしよう、と私と香織は、藤森寮に足を踏み入れた。

中には、雑貨や陶器といった新進作家のショップが入っている。

私が目を惹かれたのは、ガラス細工の店だった。

ニューヨークで私は、サリー・バリモアや篠原陽平といったキュレーターから試験を受けた。

その際、陶器はパスしたのだが、ガラスに関してはからっきしだったのだ。

『蔵』にはガラス工芸が少なく、ホームズさんからもレクチャーを受けたことがない、というのが、大きな要因だろう。

こうして、ガラス工芸を見ていると、陶器とは違う魅力を感じる。

「綺麗。ガラスの勉強をしたかったんだよね……」

しみじみとつぶやいていると、

「葵、そろそろ、カフェに行こか」

香織が、いつまでもガラスに見入っている私の背中を軽く叩く。

「あ、うん」

　私はガラスから目を離す。

　藤森寮を出て、私たちはカフェ『さらさ西陣』に入った。


「――いらっしゃいませ。お好きなお席にどうぞ」

　私たちは会釈を返しながら、空いている席に着き、興味深く店内を見回した。

　レトロなマジョリカタイルがとても鮮やかだ。

　銭湯だった頃の造りをそのままにカフェにリノベーションしているので、ノスタルジーと新しさが交差し、まるで異世界に迷い込んで来たような奇妙な感覚を覚える。

「サイケデリックやろ。いつも割と混んでて、並んでることも多いんやで」

「香織はここに来たことがあるんだ？」

「うん。結構来てる。うちは西陣やし、家からそう遠くないんや」

「あ、そっか」

　私たちはケーキとコーヒーをオーダーして、ノートと地図を開く。

　まわってきた店に丸印をつけていった。

「思ったよりも、素敵なお店がたくさんあったよね。新大宮商店街の絵本カフェとか可愛かった」

「ほんまやね。漆《うるし》のお店とか狐《きつね》の和喫茶も良かったし」

「うんうん」

頷き合っていると、店内にドレスを着た女性が入ってきた。

そのシルエットに見覚えがあり、あれ、と私は目を凝らす。

「相笠《あいがさ》先生だ……」

作家の相笠くりすだった。彼女はゴシック&ロリータ・ファッションが定番であり、今やそれが当たり前という認識だ。

とはいえ、彼女がこの店に訪れたことに驚いていると、香織はさして特別な反応もせず、
ああ、と相槌をうつ。

「あの人、時々、この店に来てるて話や」

「そうだったんだ」

そういえば、彼女は京都在住だ。

こうした不思議な雰囲気のカフェも好みそうではある。

挨拶をしようかな、と思うも、次の瞬間、私と香織は大きく目を見開いた。

相笠先生のすぐ後ろに、春彦さんの姿があったのだ。

二人は向かい合って座り、ノートを開いて、それを指差しながら愉しげに語らっている。

私たちには、気付いていないようだった。

ごく普通の好青年である春彦さんと、ゴシック&ロリータ・ファッションを違和感なく着こなしている相笠先生。二人は、まるで別の世界の住人だ。

現実の世界からこの不思議なカフェに迷い込んだ青年が、異世界の魔女に出会い、話を聞いている……そんな物語すら想像させる。

奇妙なのは、そんなにもタイプの違う二人だというのに、とてもお似合いに見えることだ。

「なんだか、不思議な組み合わせだね……」

私は静かに洩らして、香織の方を見る。

「…………」

香織は押し黙ったまま、下唇を噛み、目を伏せていた。

顔色が悪く、具合が良くないように見える。

「香織……」

少し前の自分なら、すぐにはピンと来なかっただろう。

だけど、今の私には香織の気持ちが手に取るように分かった。

嫉妬だ。

もしかしたら昨日の私も、こんな顔をしていたのかもしれない。

自分の好きな人が、女性と一緒にいる。しかも、とても似合っているように見える。

そんな状況も、絵空事のうちは余裕でいられる。

でも、いざ、その場面に遭遇すると平静ではいられなくなるのだ。

私たちが沈黙していると、やがて相笠先生は立ち上がり、バイバイ、と手を振って、先に店を出て行った。

春彦さんはというと、店の外まで彼女を見送ってから再び席に戻り、ノートを開いて何かを書き込んでいる。

春彦さんが一人になったことで、香織は少し冷静さを取り戻したのか、大きく息を吐き出した。

まるで、これまで呼吸を止めていたかのようだ。

「――なんや、ごめん。ちょっとビックリしてしもて」

うん、と私は頷く。

少しの間のあと、香織はそっと口を開いた。

「春彦さんって、常に小さめのノート持ってるんやけど」

私は、ああ、と洩らす。

そういえば、春彦さんはいつもノートを手にしていて、何かあったら、すぐに書き込んでいる。

私もそういうところがあるから、特に気にしたことはなかったけれど……。

「前に春彦さん、歩きながらそのノートを落としたんや。その時、うちが『落としましたよ』って拾おうとしたら、結構な剣幕《けんまく》で『触らないで！』って言われてしもて。普段温厚な彼が、声を荒らげたことにびっくりしたんや」

それはたしかに驚くだろう。

「そやけど、プライベートなことが書いてあったかもしれへんと思って、そない気にもしなかったんや」

だけど、と香織はひとつ息つき、

「今、春彦さん、そのノートを、相笠先生に見せててん」

そう言って顔を歪ませた。

「やっぱり香織は、好き、だったんだよね？」

静かに訊ねると、香織は苦い表情を浮かべた。

「ほんま言うと、分からへんかったんや」

香織はもう一度息をついて、独白するように話し始める。

「……うち、ホームズさんが苦手やったのには、実は理由があったんや」

「えっ？」

思いもしない言葉に戸惑いながら、私は香織を見た。

「若い頃の、うちの父とどこか似てるんや。あっ、顔はまったく違うてるんやけど。うちの父は、あないイケメンやあらへんし」

私は、黙って相槌をうつ。

「うちの父、顔は平凡やけど、細くて背が高くて、外面が良くて、若い頃は『呉服屋の若旦那』って、そこそこモテたそうなんや。『雅《みやび》な京男《きょうおとこ》』なんて呼ばれてて……」

シュッとした呉服屋の若旦那となると、たしかに女性受けが良いだろう。雅な京男などと呼ばれる感じは、たしかにホームズさんっぽいかもしれない。

「ほんで、まだ景気が良かった頃、父は家の外に女の人を囲っていたんや」

私は、えっ、と顔を上げる。

香織は苦々しい表情で、頭を掻いた。

「それを知った母は半狂乱になってしもて、家中、ほんまに大騒ぎで大変やった……。

うちはというと、同じ頃に片想いしてた人にひどいフラれ方したり、まぁ、そういうんが重なって、男の人がちょっと信じられへんようになってしもて」

うん、と私は答えた。

「今思えば、うちが店長に惹かれたのは亡くなった後も奥さんを想い続けている姿に感動したんやて思う。店長を好きでいながら、振り向いてほしくなかったんや」

その複雑な心境は、なんとなく理解できた。

「そやから、ホームズさんのことも、『この人はお父ちゃんみたいや。裏で何してるか分からへん』って、ずっと思うてた。この前言うてしもたけど、実は葵を心配してたんや。そやけど、なんや葵に一途みたいやし、今は見直してるんやで」

その言葉を聞き、今度は私が複雑な心境になる。

もしホームズさんが、私ではない、可愛い女性を好みだと秋人さんに伝えていたと知ったら、香織はきっと憤りそうだ。

「小日向《こひなた》さんも素敵な人やったけど、すごくモテそうで……。自分が傷付きそうやと思ったら、踏み出せへんかったんや」

「そうだったんだ……」

私はようやく、香織が小日向さんに飛び込めなかった理由をはっきり理解した。

もし、香織に過去のトラウマがなかったならば、小日向さんと手を取り合えたのかもしれない。

香織は一拍置いて、ちらり、と春彦さんの方を見る。

「春彦さんも、小日向さんとはタイプが違てるけど、モテそうやし、『ええお友達でいたい』ってほんまに思てたんや」

そやけど、と香織は前髪をくしゃっとつかんで、弱ったような笑みを見せる。

「なんやろ。他の女の人と楽しそうにしてる姿を見たら、こないに胸が騒ぐなんて」

「香織……」

私は、香織の気持ちが痛いほど分かって、涙が出そうになる。

「でも、二人が恋人同士かどうかは分からないよ」

うん、と香織は頷く。

「こんなん言いながら、うちの気持ちも、モヤモヤしてて決まってへんし……」

そう洩らして、カップに目を落とした。

少しの沈黙が訪れた。

向かい合ったまま何も言えずにいると、

「あれ、香織さんに葵さん？」

春彦さんが私たちに気付いたようで、立ち上がってやってきた。

私たちは、驚いて顔を向ける。

「来ていたんだね」

私も香織も揃って、ぎこちない笑顔で、はい、と答える。

「マップ作りして、エリアをまわっていたんです」

「嬉しいな。そのマップ、見せてもらってもいい？」

どうぞ、と頷くと、「ありがとう。失礼するね」と彼は香織の隣に腰を下ろす。

その瞬間、香織の頬がほんのりと赤くなった。

「私たちが考えたルートは、二つなんです。ひとつは、今日まわった新大宮商店街から鞍馬口通に抜ける『町ブラ散策コース』。もうひとつは、『歴史探索コース』で、これは今度まわりたいと思っているんですが……」

私が説明をしていると、春彦さんは、ルートを確認しながら、うんうん、と頷く。

「どっちもすごくいいね」

ありがとうございます、と私と香織は頷いた。

「こっちの『歴史探索コース』の方だけど、今度、四人でまわってみたいな」

春彦さんの言葉に、四人？　と私と香織は声を揃えた。

「僕と香織さんと葵さん、そしてホームズさんにもお願いできたらなって。ホームズさんなら、ヒントくれそうな気がするし。ホームズさんには僕からもお願いするけど、葵さんからも伝えておいてもらえたら……」

私と香織は思わず顔を見合わせる。

「あ、気乗りしなかったかな？」

何もリアクションをしない私たちを見て、春彦さんはしゅんと肩をすくめた。

私たちは慌てて首を振る。

「いえ、良いと思います。ぜひ」

「う、うちも、大丈夫です」と、香織がぎこちなく頷く。

「それじゃあ、決まりだ。楽しみだね」

屈託ない笑顔で言う春彦さんに、私と香織は、はい、と笑みを返す。

「あっ、どうせなら今、ホームズさんに電話してみようと思います。ちょっと待っててくださいね」

私はスマホを手に立ち上がり、店の外に出た。

7

「悪い、あんちゃん。本当に悪い」

——同じ頃。

小松勝也は、骨董品店『蔵』のカウンター前の椅子に座った状態で、清貴に向かって両手を合わせていた。

清貴は、やれやれ、という様子で、小松の前にコーヒーカップを置く。

「お忙しいのは分かりますが、探偵事務所の依頼人を『蔵』へ誘導するのは困りますよ。ここは、骨董品店なんですから」

「いや、本当だよな。つい、あんちゃんに甘えてしまって」

小松は、ぽりぽりと頭を掻いて、コーヒーを口に運ぶ。

「プログラミングの方は順調ですか？」

清貴が問うと、小松は、ああ、と頷いた。

「順調すぎて、次から次へと頼まれるよ。本業の探偵よりずっと金になってる」

「いっそ、そちらを本業にした方が良いのではないでしょうか？」

あっさり言う清貴に、小松はごほっとむせた。

「相変わらず酷いな、あんちゃんは」

「そうですか？　誰もが思うことかと。その仕事はあなたの特技を生かせるうえに、稼げるんですよね？」

「そうかもしれないけどよ。俺は探偵がいいんだ」

「どうしてですか？」

突っ込んで訊ねた清貴に、小松はほんのり頬を赤らめた。

「……ガキの頃からの憧れの職業なんだよ」

「なるほど、そういうことでしたか」

清貴は、ふふっと笑う。

小松は気恥ずかしさから、すぐに話題を変えた。

「そうそう、敦子さんの用件はなんだったんだ？　新しい店に関することか？」

小松の問いに、清貴は、いいえ、と首を横に振る。

「華道教室の生徒さんを連れて来られましてね。生徒さんの婚約者の浮気調査でした」

結果的に、自分で解決するという流れになりましたが、と清貴は付け加えた。

小松は、へえ、と洩らして、頬杖をつく。

「ところで小松さん、敦子さんの新しい店とは？」

「ああ、敦子さん、今祇園で秘密クラブやってるだろ？　マダム向けの」

ええ、と清貴は頷く。

「二店目を出すらしいんだ。今度は、男性に向けた高級クラブだってよ」

　その言葉に、清貴は黙り込んだ。

「どうかしたか？」

　これはもう、乗り掛かった舟ですね、と清貴はつぶやいて、小松を見る。

「小松さん、ひとつ調べてもらいたいことがあるんです」

「お、おお。なんだ？」

　小松が戸惑いながら頷いた時、清貴のスマホが鳴動した。

　画面を確認すると、葵からであり、清貴は口角を上げて電話に出る。

『あ、ホームズさん。今大丈夫ですか？』

「はい、大丈夫ですよ。どうなさいましたか？」

『あの、今、香織と春彦さんと一緒なんです。今度、「船岡山エリア」の社寺をまわろうと話していまして、もし良かったら、ホームズさんもご一緒……』

「喜んで」

　葵が話し終わる前に、清貴は言葉をかぶせるような勢いで答える。

『良かったです。では、日程とかはまたあらためて……』

「ええ。店番は父に頼めるので、僕はいつでも大丈夫ですよ」

『分かりました。ありがとうございます』

用件はそれだけだったようで、葵は『それではまた』と電話を切った。

清貴は頬を緩ませたまま、ポケットにスマホをしまう。

「嬉しそうだな、あんちゃん」

「ええ、予想外に葵さんの声を聞けると、よりラッキーな気持ちになるものですよね」

相変わらずだなぁ、と小松は呆れた声で洩らす。

「で、何を調べろって？」

「ああ、すみません。敦子さんの生徒の浅井智花さんと、その婚約者について調べてもらいたいんです」

はあ、と小松は頷いた。

8

晴れた日の土曜日。

私たちは、『歴史探索コース』をまわることになった。

順番は、①玄武神社→②建勲神社→③大徳寺→④高桐院（大徳寺境内）→⑤今宮神社の予定だ。

あえて観光客のように動いてみようと、私とホームズさんは、バスに乗って大徳寺前停留所まで行き、そこから徒歩で玄武神社へと向かっていた。

香織、春彦さんとは、玄武神社で待ち合わせをしている。

「『玄武神社』では、毎年四月に『玄武やすらい祭』が開かれるんですよ」

歩きながらホームズさんは、そう説明をしてくれる。

私はなんとなく相槌をうったあとに、あれ？　と首を傾げた。

「『やすらい祭』って、今宮神社でもありましたよね？」

「ええ、ですが、発祥はこの神社なんですよ」

「そうだったんですね」

すぐに、玄武神社に着いた。

京の『北』を守護する神獣『玄武』を祀《まつ》る『玄武神社』。

私が思っていたよりも、ずっと小さな神社だった。

一礼をしてから石の鳥居をくぐると、すぐに本殿だ。

社《やしろ》の向こうには住宅が並んでいるのが見える。

一瞬、拍子抜けしたような気持ちになったけれど、さすが、四神と言われる玄武の神社だ。こうして境内に入ると、聖域のような厳かな空気を感じる。

感心していると、香織と春彦さんの姿を見付けた。

「葵っ」

「ホームズさん」

二人は、大きく手を振りながら駆けてくる。

それでも鳥居の前で足を止め、一礼をしてから中に入ってきた。

「おはよう、香織、春彦さん」

「おはようございます」

私とホームズさんは、二人を前に会釈をした。

春彦さんは、ホームズさんを前に嬉しそうに頬を赤らめる。

「ホームズさん、今日は同行を快諾してくださって、ありがとうございます」

いえいえ、とホームズさんは首を振る。

「『京もっと』の活動を葵さんから聞いていて、とても楽しそうだと思っていたので、誘っていただけて嬉しかったですよ」

「そう言ってもらえると……。実は今日、ホームズさんに質問したいことがいっぱいあるんです」

前のめりになる春彦さんに、ホームズさんは愉しげに口角を上げる。

「さすが、秋人さんの弟さんですね。でも、とりあえず、参拝をしましょうか」

「あ、そうですね」

私たちは本殿を前に一列に並ぶ。ここには本坪鈴はなかったので、そのまま二拝して柏手を打ち、心の中で祓詞を唱えてから、頭を下げた。

参拝を終えて、そういえば、と私はスマホを手にする。

「どうかしました？」

「あ、いえ。ここは、『玄武』の神社ですよね？　他の三神は、どこなのか調べようと思いまして」

北の玄武、東の青龍、西の白虎、南の朱雀で、四神だ。

ああ、とホームズさんは洩らし、一説によると、と前置きをして話す。

「東の青龍は、『下鴨《しもがも》神社』の境内にある『河合《かわい》神社』、西の白虎は太秦《うずまさ》にある『蚕《かいこ》の社《やしろ》』の通称で知られる『木嶋坐天照御魂神社《このしまにますあまてらすおおみかみ》』。南の朱雀は、『田中《たなか》神社』という神社の境内にある『北向虫八幡宮《きたむきむしはちまんぐう》』ではないかという話です」

私の素朴な疑問に、彼はさらさらと答えてくれる。

ホームズさんは健在だ。

私や香織はこうした彼に慣れているけれど、春彦さんは新鮮だったようで、すごい、と熱っぽく洩らした。

「さすがですね、兄がホームズさんのことを歩く辞書みたいだと言っていたんですが、今、実感しました。忘れないうちに書いておかなきゃ」

春彦さんは、すぐにノートを開いて書き込む。

そんな彼を見て、ホームズさんは微笑ましそうに目を細めた。

「春彦さんのそういうところ、葵さんのようですね」

即座にノートを出して、メモをした姿を見て言ったのだろう。

デジタルメモが主流になっている昨今、せっせとノートに書き込むアナログな様子が私と重なったようだ。

けれど春彦さんにはわけが分からなかったようで、「えっ、僕が葵さんのようって?」と、目をぱちぱちと瞬かせる。

思わず笑ってしまった私の側で、香織は、彼が相笠先生にノートを見せていた様子を思い出したようだ。一瞬苦々しい表情を浮かべていた。

だが、すぐ気を取り直したように明るい顔を見せる。

「ほんなら、次は、『建勲神社』やね」

香織はそう言って、軽い足取りで境内を出た。

あの時の香織もそうだった。春彦さんと相笠先生が一緒にいたのを見て、ショックを受けていたけれど、翌日には、いつも通りだったのだ。

少し自分の気持ちに向き合う、と言っていたけれど、その後、彼女の中でどんな心境の変化があったのかは、まだ聞いていなかった。


私たちは『建勲神社』に向かって歩く。

前をホームズさんと春彦さんが並んで歩いている。

私と香織は一歩後ろ、二人の背中を眺めるかたちで、後に続いていた。

「『船岡山エリア』の活性化プロジェクトは、他にどんなことを企画されているんですか？」

と、ホームズさんは、春彦さんの方を向いて訊ねる。

「今度、北区さんや地元の自治会と連携して、マルシェを開催できることになったんですよ」

「場所はどの辺りですか？」

「ええと、今から行く『建勲神社』の近く……船岡山公園です」

「見晴らしが良いところですね」

「はい。緩やかですが傾斜があるのでどうかな？　とは思ったんですけど結構広場もありますし、ハイキング気分で来てもらえるのではないかという話です。あそこには野外ステージもあるので、ちょっとしたフェスみたいなこともしようと話してまして」

「それは楽しそうですね」

「きっと盛り上がると思います。その時に、『船岡山エリア』の散策マップをチラシにして配れたらと思っているんですよ」

散策マップはいずれ冊子にしたいと思っているんですが、と春彦さんは付け加えて、話を続けた。

「そして、やはり『応仁の乱』のことも知ってもらいたいという話にもなりまして、分かりやすくまとめたチラシも作りたいと思っているんです」

春彦さんの言葉を聞き、ホームズさんは嬉しそうに目を細めた。

「それはとても良いことだと思いますよ」

「はい。でも、『応仁の乱』って複雑じゃないですか」

そうですね、とホームズさんは苦笑する。

「そこでホームズさんに、『応仁の乱』を一言にまとめてもらえたらって」

春彦さんは、えへへ、と笑って言う。

どうやら、春彦さんがホームズさんをこの散策に誘ったのは、このことをお願いしたかったというのもあるようだ。

ホームズさんは額に手を当てた。

「あんな、ごちゃごちゃした戦を一言でなんて……」

「今すぐじゃなくて良いので、お願いします」

さっ、と春彦さんは、頭を下げる。

「……春彦さんは、さすが秋人さんの弟ですね」

「えっ、どうしてですか？　僕と兄はまるで違いますよね？」

「いいえ、その無茶ぶりは、よく似てますよ」

そんな二人の様子を見て、私と香織はくっくと笑い合う。

「あとですね、私たち『京もっと』は、『ゆるキャライラストコンテスト』という企画も提案してるんですよ」

一歩後ろから私がそう言うと、ホームズさんは歩みを緩めて振り返り、興味深そうな顔を見せた。

「ゆるキャラをコンテストで募集するんですか？」

「あくまで提案で実現するか分からないんですが、そういうのも楽しいかなって」

私は、ふふっと笑った。

実は、この企画を提案したのは私だった。

「そうですね。ゆるキャラがいるというのは、親しみにつながって良いと思います。我が三条にも、他に類を見ない可愛らしさの『三条と〜り』がいますし」

ホームズさんが胸に手を当ててそう言う。

「『他に類を見ない可愛らしさ』って……」

春彦さんと香織は、目を丸くして顔を見合わせる。

私は口許に手を当てて、頬を緩ませた。

「ホームズさんは、本当に地元愛が強いですよね」

彼は悪びれもせずに、ええ、と頷いた。

「地元は、地元民が愛してこそじゃないですか」

たしかに、と私たちは同意する。

「それで、その船岡山のゆるキャラですが……」

と、私がバッグに手を触れた時、春彦さんが口を開いた。

「そういえば、『三条と〜り』って、どんな感じでしたっけ?」

すかさずホームズさんが、「これですよ」とポケットから鍵を出す。それは『蔵』のスペアキーであり、『三条と～り』のアクリルキーホルダーが付いていた。

それを見るなり、春彦さんはプッと噴き出す。

「本当に可愛いですね」

「ええ、可愛いでしょう」

「でも、ホームズさんが、そんな可愛いキーホルダーを持っているなんて意外だなぁ」

「そうですか？　僕は結構『可愛いもの』が好きなんですよ」

春彦さんと香織が、そうなんですね、と相槌をうっている側で、私は動きを止めた。

——可愛いものが好き。

とても可愛かった光岡さんの姿が脳裏を過り、思わず苦々しい気持ちになる。

「葵さん、どうかしましたか？」

ホームズさんは、私の様子が変わったことに気付いたのだろう。

こういう時、鋭すぎて、怖いくらいだ。

なんでもないです、と私は慌てて笑顔を作る。気を取り直して、話題を変えた。

「そうそう、次に行く『建勲神社』って、正式には『たけいさお神社』というんですよね？」

それには、ホームズさんではなく、春彦さんが、うん、と答えた。

「バスに乗っていると、『次はけんくん神社前』なんてアナウンスが流れるけど、本当は『たけいさお神社』みたいだね」

「そうそう、うちも、地元やのに、しばらく『けんくん』や思てたし」と香織。

ホームズさんは、ふふっと笑う。

「まぁ、京都には、そういう社寺が結構ありますよ。『金閣寺《きんかくじ》』や『鈴虫寺《すずむしでら》』もそうですね」

あっ、と私たちは、目を見開く。

「そういえばそうですね」

「『金閣寺』の正式名称は『鹿苑寺《ろくおんじ》』やし」

「『鈴虫寺』は『華厳寺《けごんじ》』だったね」

瞬時に納得する私たちに、ホームズさんは、ええ、と柔らかく目を細めた。

「ですので、それでいいのかもしれませんね」

そんな話をしながら、私たちは『建勲神社』へと向かう。

社は、船岡山の中腹にあるため、結構階段を上らなくてはならない。

最近、運動不足のためか、少し息が切れる。

それでも、振り返ると、高台にあるため、広がる景色は圧巻だった。

ようやく階段を上りきると、大きな石板《せきばん》が置かれているのが見える。

そこには、敦盛の一説が刻まれていて、ここが織田信長公を祀る神社である実感が湧いてくる。

境内からは比叡山《ひえいざん》もくっきりと見える場所があり、抜群の眺めだけれど、織田信長による比叡山焼き討ちの歴史を思うと、やや複雑な気持ちになった。

とはいえ、この神社は明治になってから、信長公の功績を讃《たた》えるために創建されたものだそうだ。

境内には、若い女性の姿が多く見受けられ、

「女の人が結構いるね……」

私が少し意外に思っていると、香織が得意げに人差し指を立てる。

「ここは、『刀剣ファン』の聖地なんやって」

刀剣を擬人化したゲームが、世に登場したことで、刀剣がブームとなった。

ゲームの人気は今も続いており、また刀剣の魅力に目覚める者も後を絶たず、縁のある京都に訪れているという話は耳にしていた。

「そうなんだ。ここも聖地だったんだね」

聞くと、織田信長の愛刀『宗三左文字《そうざさもんじ》（義元左文字《よしもと》）』と『薬研藤四郎《やげんとうしろう》（再現刀）』が所蔵されているとか。刀にちなんだ御朱印《ごしゅいん》もあるそうだ。

「それじゃあ、参拝しようか」

「そやね、大願成就や」
そう話しながら、春彦さんと香織は足早に本殿へと向かう。
私はホームズさんとゆっくり歩きながら、社を見上げた。
堂々とした風格の本殿だ。
山の気を受け止めているその雰囲気は、どこか鞍馬寺《くらまでら》を彷彿とさせる。
珍しかったのは賽銭箱の側に、お祓いなどに使う紙枝垂《かみしだ》れが置いてあったことだ。
『祓串　はらいぐし』と書かれている。
どうやら、これを振ってから、祈願すると良いようだ。
先に着いた香織と春彦さんは、愉しげに祓串を振り、本殿を前に柏手を打つ。
私も、左、右、左と祓串を振ってから、柏手を打った。
大願成就にご利益がある社だ。
思えば、今の私に大願なんてあるのだろうか？
目下の目標は、『円生さんの展覧会を良いものにしたい』ということ。
あとは、なんだろう？
隣で柏手を打っている音が耳に届き、私は薄目を開けて、ちらりと隣を見る。
ホームズさんが目を閉じた状態で、手を合わせていた。

凛とした涼やかな横顔。

何を願っているのだろう、と思わず見入ってしまう。

視線に気付いたのか、ホームズさんは目を開けて、私の方を見た。

「どうされましたか？」

「あ、いえ、ホームズさんは何を願っているんだろうと……」

「もちろん、『葵さんといつまでも一緒にいられるように』と願っていましたよ」

「……っ」

少し前の自分なら、『もう』と照れ笑いをして、嬉しさを噛みしめていただろう。

だけど、今は少し違う。

つい、『本当なのかな？』と疑う心が顔を出す。

「葵さん？」

「わ、私もお願いしなきゃ」と、あらためて目を瞑る。

こんなふうに、彼の愛情表現はとても強くて露骨だ。

私はそれに甘えてしまい、麻痺していたのかもしれない。

自覚はなかったけれど、私は心のどこかで自惚れを抱いていた。

だから、ホームズさんが光岡さんを好みだと話しているのを聞いた時、私は鈍器で頭を殴られたような衝撃を覚えた。

私の前では、彼は常に他の女性なんて眼中にないような素振りを見せてくれていたからだ。

だけど思えば、昔、ホームズさんは、こう言っていた。

『僕は基本的に、女性の前で他の女性を褒めたりしない』と……。

ホームズさんは、それを実行していただけ。私の前で、他の女性を褒めていなかっただけなのだ。

私のいないところや心の中では、他の女性を褒めていたのだろう。

ジリリ、と胸が焦げたような感覚がする。これは、嫉妬だ。

嫌だな、と心から思い、私は微かに頭を振る。

好みはどうあれ、ホームズさんは、私を想ってくれている。それは信じたい。

今、私が願うこと。

『ホームズさんと、ずっと仲良く一緒にいられますように』

少し前の自分なら、ささやかな願いだと感じたかもしれない。

馬鹿だったな、と私は下唇を噛む。

好きな人の隣にいられる。それは、奇跡に近いことだというのに。

それがすっかり当たり前になってしまっていたことに気付き、私は自省しながら、今一度祈願をして、深々と頭を下げた。

9

私たちは、本殿の前に並んで参拝をし、せっかくだからと御朱印も受けた。

「次は大徳寺ですね」

久しぶりだな、とつぶやいて、歩き出そうとした私に、ホームズさんが「その前に」と呼び止めた。

「このまま、船岡山の山頂に向かいませんか？」

「山頂ですか？」

驚く私に、ええ、と彼は頷く。

「ここまで来たのでしたら、ぜひ、『国見《くにみ》の丘《おか》』を見てもらいたいです」

私は戸惑いながら自分の姿を確認した。ヒールの靴を履いてきているわけではないけれど、登山の準備をしているわけでもない。

そんな私の気持ちを察したのか、皆は揃って笑う。

「葵、心配せんでも大丈夫やで」

「そうそう、船岡山は、山というよりも、『小高い丘』程度なんだよ」

「ええ、ここからだとすぐなんですよ」

それなら、と私はホッとする。

私たちは、『建勲神社』の境内を後にして、船岡山の山頂へと向かう。

木々が生い茂る森の中に散歩コースが整えられていた。

皆が言っていた通り、登山という感覚はまるでなく、ウォーキングコースという雰囲気だ。

山頂へは、アッという間に辿り着き、私たちは『国見の丘』に足を踏み入れた。

「わあっ」

京の町を一望できた。

清々しい景色に、私は大きく両手を広げた。

北西の方角にある左大文字山の中腹には、『大』の字がくっきりと記されている。

「すごい！　大の字があんなに近くに見える」

送り火は点火台が設置されているため、緑の山にまるで刈り取られたように文字が残っているのだ。

「ほんまにすんなり来られたやろ？　下からも、登山というよりも、ハイキング感覚で上がれるんやで。小学生の時とか学校行事で、ようここに来たし」

「そうだったんだ。こんな良い景色が見られるなら外せないね」

私と香織が話していると、「それに」とホームズさんが歩み寄ってきた。

「何より船岡山は、この京の町のスタートでもありますから、どうしてもここを入れてもらいたかったんです」

その言葉に、私はきょとんとするも、香織と春彦さんは「そうなんですよね」と、思い出したように頷いている。

「この船岡山が京の町のスタートなんですか？」

私が問うと、ホームズさんは、はい、と眼下に広がる京の町を眺めた。

「かつて、桓武《かんむ》天皇は、ここから見渡せる山城《やましろ》盆地を前にして、『ここに遷都《せんと》しよう』と決意をしたそうです。『794、ウグイス、平安京』の始まりは、この船岡山からなんですよ」

「そうだったんですか！」

まったく知らなかった私は、驚きを隠せないまま、広がる景色に目を向ける。

東の『銀閣寺《ぎんかくじ》』や『清水寺《きよみずでら》』、西の『善峯寺《よしみねでら》』から望む京の町ともまた違う、船岡山からの景色。

それで、ここの名前が『国見の丘』というのだろう。

「京都の始まりの山だったんですね……」

そうした歴史を知れば、ここがとても特別な地だと、心から思える。

地元の人にとっては、当たり前のことかもしれない。

けれど、私のような余所者の中には、知らない人も多いだろう。

「なるべく多くの人に、知ってもらいたいですね」

京都が好きな人には、特にだ。

ここは、すべての始まりの景色なのだ。

私が胸を熱くさせていると、

「あの、春彦さん」

と、少し離れたところで、香織が春彦さんに話しかけた声が聞こえた。

香織は、少し緊張した面持ちだった。

「この前、カフェで見たんやけど、春彦さん、相笠くりす先生と一緒やった？」

「ああ、うん。一緒だったよ」

「やっぱりそうなんや。なんや、びっくりして。知り合いやったん？」

「僕は元々、くりす先生のファンだったんだ。そしたら、今度の新作の話を兄に訊いてね」

香織は、ああ、と相槌をうつ。

「昭和初期の京都が舞台で、ホームズさんと秋人さんがモデルやって」

「そう、それにね、僕も出ているんだよ」

その言葉を聞いて、私は「んん?」と眉根を寄せる。

まだ発売されていないが、相笠先生の新作は拝読している。作品には江田正樹(家庭教師であり大学生作家)という人物がいた。

彼は、雰囲気が秋人さんの弟に似ている――というような描写があっただけで、モデルと言うほどではない。

「僕は、兄たちに比べて目立たない人間だからさ、人気作家の小説に登場できたのがすごく嬉しくてね。『ぜひ、お礼を伝えたい』って兄に言付けを頼んだんだ。そしたら、『こちらこそ。直接会ってお礼を言いたい』と連絡をもらえて。それで会うことになったんだ」

「ほんなら、あれが初対面?」

「うん」

「そうやったんや」

香織は、安堵の表情を見せている。

「あの時、ノートに何か書き込んでたし、取材したはるのかも、とも思うたんやけど」

「このノートは、雑記帳兼日記帳のようなもので、自分の想いみたいなものも書いてるんだ。だから見られたくなくて……この前はついムキになってしまって、ごめんね」

「ううん、そんな」

香織は、納得がいったように首を横に振っている。

私もホッとしながら、なるべく二人きりにさせてあげようと、さり気なく距離を取った。

葵さん、とホームズさんが、私の隣に立つ。

「ホームズさん」

「もしかして、二人に遠慮を？」

「ええ、まぁ、お節介かもですが」

「良い雰囲気ですし、良かったと思いますよ。僕としては残念ですが」

「残念？」

「僕と二人きりになりたくて、距離を取ってくれたなら嬉しいと思ったので」

顔を近付けて、いたずらっぽく笑う彼に、私は頬が熱くなって目をそらした。

「本当にそう思ってくれているなら嬉しいです」

えっ？　とホームズさんは、目をぱちりとさせた。

「もちろん、僕はいつも本心ですが？」

ですよね、と私は苦笑した。

「最近の葵さん、なんだか様子が変ですよね？」

やはり、見抜かれていた。

「何かありましたか？」

そう問われ、先日、自分が智花さんに放った言葉が、脳裏を過る。

『……心情としては共感できるんですが、私ならすぐ本人に訊いてしまいそうです』

『そういうんじゃなくて、自分が好きになった人だから信じたいんですよね。何かの間違いであってほしいとギリギリまで信じていたいんです。それで、裏切られていたら、本当に諦めもつく気もしますし』

……まさにブーメランだ。

あの時に放った言葉が、自分に突き刺さる。

「実は私、いじけていただけなんです」

「いじける？」

「ホームズさん、その……」

「はい」

「好きな女性のタイプ……、好みってありますか？」

私がおずおずと訊ねると、彼はにっこりと微笑んだ。

「僕の好みは葵さんですよ。僕はあなたに夢中ですから」

彼は、胸に手を当てて少し誇らしげに言う。

つい、私は露骨に顔をしかめてしまった。

「本当のことを言ってください」

えっ、とホームズさん。

「私は、ホームズさんは美しい人が好きなのかな、と思ったことがあるんですが、でも、実際は可愛らしいタイプの女性が好きだったりしませんか？　和泉さんも美人でしたが、どちらかというと可愛らしい人でしたし」

自分が今、どんな表情をしているのか分からないけれど、きっと歪んでいるだろう。

ホームズさんは、私が本気で訊ねているのを察し、すぐに真剣な顔付きに変わった。

「つまり、外見の好みについてですね？」

はい、と私は頷く。

「正直に答えると、僕は昔から、これといった女性の好みはないんですよ」

　私は眉根を寄せた。

「ないって、どういうことですか？」

「ないと言いますか、よく分からないんです。もちろん一般的な審美眼は持ち合わせていると思いますし、美しい人は美しい人だと思います。ただ、他の方の話を聞いていると、僕はどうも違っているようなんです」

「……どういうことですか？」

「あなたもご存じでしょう、僕は人よりも敏《さと》い面を持っています。外見と同時に他のさまざまなところが目に入ってきてしまうので、どこで判断して良いのか分からないんですよね……」

　弱ったように話すホームズさんに、私が何も言えずにいると、彼は、たとえば、とポケットの中から、『三条と〜り』のキーホルダーを取り出して見せた。

「こうしたマスコットなら、そのまま素直に可愛いと思えます。絵画や写真もそうですが、動く人を目にすると、ちょっとした仕草や表情まで情報として入ってきてしまうんですよ」

　彼は、階段をパッと見て段数まで把握してしまうことから、『ホームズ』という愛称がついた。

そんなホームズさんならば、そういうものなのかもしれない。

「数年前のことですが、南座《みなみざ》での顔見世の際、喜助《きすけ》さんの当時の婚約者を見掛けた時、葵さんは、『なんて清楚でか弱そうな方だろうと思った』と言っていましたよね?」

はい、と私は頷く。

歌舞伎役者の市片《いちかた》喜助さんが、舞台に落下した事件の時のことだ。

「ですが、僕には修羅《しゅら》のような女性に見えていました。こんな僕なので、他の男の話を聞いていると、いかに自分が他の人間と違うのか痛感します。和泉は、割と裏表がないタイプだったので、受け入れやすかったんですよ」

ホームズさんはそう言って苦笑する。

その言葉は納得がいった。

瞬時にさまざまなことを読み取り、情報処理をする彼にとって、一見した可愛らしさや美しさでは判断できないのだろう。

「……今の私も、修羅のようでしたよね。ごめんなさい」

嫉妬にかられていたのだ。とても醜い表情だっただろう。

「いいえ、とても可愛かったですよ」

ね？」

「嘘じゃないですよ。よく分かりませんが、やきもちを妬いてくださっていたんですよ
「嘘です」

ふふっと嬉しそうに目を細めるホームズさんに、カァッと頬が熱くなる。

相変わらず、何もかもお見通しだ。

私は脱力しながら、ホームズさんを見た。

そんな彼が光岡さんが好みで、『見た目に拘《こだわ》る』と言っていたけれど、それは単純に容姿だけの話ではないのかもしれない。

だとしたら、彼女のどこを見てホームズさんが好感を持ったのか、しっかりと知りたい。

「あの、ホームズさんは、光岡さんが好みなんですよね？」

言いにくさを感じながら問うと、ホームズさんはきょとんとして頷く。

「はい。光岡さん、好きですよ」

あっさりとそう返されて、私は一瞬、言葉に詰まった。

「好き、なんですか？」

「ええ、基本的に」

「基本的？」

戸惑う私に、ホームズさんは話を続ける。

「まだ決まっていませんが、僕としては光岡さんもいいなと思っているんですよ」

これまでの話の流れから、どうして、そんなことが言えるのか？

いや、もしかしたら、何かの間違いかもしれない。

「次って、その、それは、乗り換えるつもりでいるということですか？」

「そうなるでしょうね」

ホームズさんは目を伏せながら、残念そうに頷く。

「…………」

私は何を言っていいのか分からず、立ち尽くした。

すみません、とホームズさんは眉を下げる。

「葵さんがそんなに気に入ってくれていたとは思いませんでした。でも、うちは一台でいいと思っていまして」

「一台？」

私が混乱を極めていると、ホームズさんは眉根を寄せて腕を組む。

「……僕たち、どうも噛み合ってないようですよね」

「たぶん」

「葵さんは、なんの話をしていますか？」

「光岡さんの話です」

「ですよね。僕も光岡……」

ホームズさんはそこまで言って、ようやく何か気付いたように、口に手を当てた。

ややあって、肩を震わせ、くっくと笑う。

「えっ、何を笑っているんですか？」

「すみません。もしかして、葵さんは光岡さんをご存じなかったですか？」

「い、いえ、この前、いらっしゃいましたよね？」

やっぱり、とホームズさんは笑う。

「光岡さんとは、自動車会社のことです。彼女は光岡自動車の方なんですよ」

「——光岡自動車？」

聞いたことがない名前であり、私は目を丸くして訊き返した。

「『光岡自動車』は、富山県に本社を置く自動車メーカーなんです。うちのジャガーもそろそろ限界でしてね、買い替えも考えていたんですよ。今度は僕の好きな車も視野に入れたいと、『MINI』や『光岡自動車』も検討していまして……。クラシックなデザインが本当に僕の好みなんですよ」

ホームズさんは、ポケットからスマホを出して、光岡自動車が作っている車の画像を見せてくれた。

彼が言う通り、クラシックでレトロモダンなデザインだ。

「……知らなかったです」

「やはり、女性は乗り物に疎《うと》いんですね」

私は、はぁ、と洩らしたあと、ホームズさんを見た。

「それじゃあ、あの女性のことは好みでしたか？」

「特に何も思いませんでした」

「本当ですか？」

突っ込んで訊くと、ホームズさんは苦笑した。

「実際には、『好感度を得られるであろう仕草や表情の作り方を心得ている』『顔の左側に自信があるようで、そちらを向けるようにしている』『けれど、それはもう訓練の末に備わり、今となっては無意識のようだ』『こうしたことを踏まえると、彼女は元タレントなのかもしれない』とは思っていましたが」

「…………」

あらためて、怖い人だ、と私は頬を引きつらせる。

「えっと、彼女は、元タレントさんなんですか？」

「もしかしたらと思って訊いてみたら、そうでした。元子役で、女の子戦士のショーの出演をきっかけに人気が出たそうです。ですが、その後、なかなか仕事がもらえなかったので、高校進学を機に引退したと仰ってましたが……」

その言葉を聞き、私は「ああっ」と声を張り上げた。

「わ、私、観たことあるかも。そのショー！」

瞬時に、私は自分の中にあった得体の知れない感情を理解した。

そうか。自分はかつて、ステージにいた彼女を観ていたのだ。

とても可愛くて憧れていた。そんな彼女がホームズさんの前に現われたから、今までにない焦りを感じたのだろう。

すべてが腑に落ちて、私は脱力する。

「誤解は解けましたか？」

ホームズさんは、にこにこと微笑んでいる。

「……はい。ホームズさん、なんだか嬉しそうですね？」

「嬉しいですよ。この『国見の丘』から叫びたい気持ちです。『葵さんにやきもち妬いてもらえたんやで！』と、京都中の人に自慢したいですよ」

私は、ごほっとむせる。

「傍迷惑ですよ」

「ですが、それもまた、『恋人たちの聖地』っぽくないですか？」

「なんですか、それ」

「ここを愛を叫ぶ場にしてしまうとか」

「そんなの迷惑すぎますって」

「ですよね。僕も提案しながらそう思っていました」

「もう、なんですか、それ」

私は、思わず笑う。

「それにしても、葵さんがそんな誤解をされていたとは」

思い出したように、ホームズさんはまた笑う。

私は決まりの悪さに肩をすくめた。

「智花さんに、あんなふうに言っておきながら、私もなかなか訊けずにいまして」

あらためて、彼女の気持ちが分かった。

好きな人を失うかもしれないと思ったら、そう強くはいられないものだ。

「……智花さん、どうなったでしょうね」

「僕も気になって調べてみたところ、なんとなく犯人が分かりました」

「犯人？」

私は目を剥《む》いて、ホームズさんを見上げる。

彼女は浮気の調査を依頼しにきたのであって、犯人云々の話ではなかったはずだ。

「まず、これを見てください」

ホームズさんは、スマホを操作して、画面を私に見せる。

本名開示のSNSで、智花さんの写真が載っている。

その隣には、ずんぐりとした太めの男性の姿があった。

どうやら、シェフのようだ。、白いコックコートを纏い、コック帽をかぶっている。

その姿には見覚えがあった。

「隣の人は、佐田さん……？」

「ご存じでしたか？」

「あ、はい。北区でイタリアンレストランを経営されていて、今回の『船岡山エリア活性化プロジェクト』では、民間チームのリーダーです」

「そうでしたか。彼は、智花さんの婚約者です」

ええっ⁉　と私は画面に顔を近付けた。

「あなたもご存じの通り、彼はレストランのシェフ兼オーナー。空いた時間にはボランティアに勤しむ好青年です」

あの美しい智花さんが、『自分には釣り合わない素敵な人』と言っていたので、かなりの美青年かと思っていた。けれど、そうではなく、内面の話をしていたのだ。

「そうか。だから、周りの人が、『あなたには釣り合わない』って言ってたんだ……」

周囲の人間は、『智花さんには、もっと素敵な人がいると思う』という気持ちから、そう言っていたのだけど、智花さんは逆のように受け止めていた。

「で、犯人というのは？」

「おそらく、敦子さんですね」

へっ、と私は目を見開いた。

「どうして、敦子さんが？」

「敦子さんは、祇園に高級クラブをオープンする予定だそうです。おそらく、自分の周りにいる素敵な女性をスタッフにしたいと考えるでしょう」

「それじゃあ、智花さんを？」

「ええ。男性を外見で判断しない美しい智花さんは、敦子さんにとって手放したくはない逸材だったと思うんですよね」

私は納得して、首を大きく縦に振った。

「破談になって、お店で働いてほしかったわけですね」

「仮説ですがね。探偵に素行調査させよう、とけしかけたのも敦子さんでしょう」

「ですが、彼は浮気をしていないわけですから、探偵が調査をしても何も出てこないですよね？」

「可能性はふたつ考えられます」

ホームズさんは、ひとつは、と人差し指を立てる。

「智花さんから相談を受けたことで、敦子さんも婚約者の浮気を本気で疑い、『こんな素敵な子と婚約していながら許せない』と腹を立てて、別れさせようと思った」

もうひとつは、と、さらにもう一本指を立てる。

「智花さんをなんとしても自分のスタッフにするために、自分の手の者を婚約者の元に送り込んで、誤解を与えるような写真を撮らせ、別れさせようと考えていた」

恐ろしさから、血の気が引く気がした。

ですが、とホームズさんは苦笑して、腕を組んだ。

「僕も敦子さんという人を知っています。彼女は欲しいものは手に入れるタイプですが、そこまで酷な方ではないと思っています。それを確かめたいと思いまして、智花さんの誕生日、佐田さんが何をしていたのか、小松さんに調べてもらっているところです」

そうでしたか、と私は息をつく。

「……前者であってほしいですね」

「僕もそう思います」

とホームズさんは目を伏せ、そういえば、と何かを思い出したように顔を上げた。

「ゆるキャラの話をしている時、バッグから何か出しかけていませんでした？」

「あ……」

そうだった。

あの時、バッグから手帳を取り出そうとしてやめたのだ。

「安定の鋭さですね……」

「何を出そうとしていたんですか？」

「ええ、ちょっと。少し恥ずかしいのですが」

「和歌でもしたためられたとか？」

「い、いえ、違いますが、ちょっと近いです」

「近い？　もしかして、僕に手紙を？」

顔を明るくさせて、期待に満ちた目を向ける彼に、私は首を振る。

「すみません、文ではないんです。『ゆるキャライラストコンテスト』の話は、私の発案なんです。で、発案者ですし、私も参加しようと、イラストを描いてみたんですよ」

ホームズさんは、えっ、と驚いた声を出す。

「ゆるキャラを描かれたんですか？」

「はい。『玄武』のマスコットを落書き程度にですが……」

「見せてください」

その問いに、私は、まぁ、と曖昧に答える。

「でも、絶対に笑うと思いますよ」

「マスコットのようなイラストなんですよね？　笑いませんよ。お約束します」

それじゃあ、と私はおずおずと手帳を取り出し、開いて見せた。

『玄武』は、亀の体に蛇の尾を持つ神獣だ。尾の蛇が、亀の体に巻き付いているように描かれることが多い。

私はそんな『玄武』を可愛く描いてみた。

イラストが得意というわけじゃないけれど、これは我ながら可愛く描けたのではないかと思っている。

ホームズさんは、私の描いたイラストを見るなり、ぷっと噴き出した。

「や、やっぱり、笑ったじゃないですか。約束はどこにいったんですか」

「すみません、つい。あまりに可愛かったので。すごくいいですね」

「本当ですか？」

「ええ、蛇は紫色なんですね」

「あ、はい。北区の『紫野《むらさきの》』にちなんで」

「蛇もそうですが、亀を描き慣れてる感じがします」

分かりますか？　と私は照れ笑いをする。

「私、鈍臭《どんくさ》かったので、小学生の頃とか、自虐を兼ねて亀のイラストを自分のマークにしていたことがあったんです。メモ書きのラストに亀の絵を描いたりして」

「あなたは鈍臭くないでしょう？」

「中学でテニス部に入って、随分マシになったんですよ」

そうだったんですね、とホームズさん。

「ちなみに、この蛇はハート形をイメージしていますよね？」

彼の言う通り、巻き付いている蛇のラインをハートマークにしていた。

亀と蛇の顔は見詰め合っていて、にっこりと微笑んでいるデザインだ。

「はい、一応、『恋人たちの聖地』を意識して……」

「このゆるキャラなら、この玄武の地もいつか本当に、『恋人たちの聖地』になるかもしれませんね」

「また、そんなことを……」

私は呆れた顔をしたが、ホームズさんの表情は真剣だった。

「『玄武』の亀と蛇は、陰陽を表わしているとも言われているんですよ。亀が陰で、蛇が陽。つまり、亀が女性、蛇が男性です。『玄武』の姿は、陰陽の和合により永遠を紡《つむ》ぐということです」

それは初耳で、そうだったんですね、と私は感心した。

「僕は最初に『「玄武」は北の守護だから、「恋人たちの聖地」とは違うのでは？』と言っていましたが、陰陽の和合の象徴である『玄武』の地こそ『恋人たちの聖地』に相応しいかもしれない。もしかしたら、それこそが『玄武』の願いなのかもしれないと、葵さんのイラストを見て思い直しました」

熱っぽく言うホームズさんに、私は、大袈裟です、と身を縮める。

「何より、このイラスト、僕たちのようですね」

「えっ、そうですか？」

「ええ。亀は葵さんのマークなんですよね？　僕はよく蛇男などと言われますし、巻き付いて離れない感じとか、まさにではないですか？」

「も、もう」

「こうして見ると、葵さんも大変な男につかまりましたね」

亀に絡む蛇を見ながら、ホームズさんは少し気の毒げにしみじみと言う。

私は、そっとホームズさんに寄り添った。

ホームズさんは、少し驚いたように私を見下ろす。

「この前、香織に『葵は自己肯定感が高いんやな』と言われて、私は戸惑ったんですよ。

私は、自己否定ばかりしていた気がするので……」

いつも自分なんて、と思って生きていた。

「けど、ホームズさんとお付き合いを始めて、あなたがいつも力強く私を肯定してくれるので、いつの間にか私は自己肯定ができるようになっていたんです。知らず知らずのうちに自信がついていたんですよね。そうすると不思議なもので、良いことがたくさん起こるようになっていたんです。思えば自己否定って、可能性の扉を閉めているんですよね」

「そうですね。僕もそう思います」

「今回のことを通して、私はホームズさんの側にいることで、強くなれることが分かりました。ですから、その……私は、蛇に絡まれて嬉しい亀なんです」

彼の腕にギュッとしがみつく。

「葵さん……」

ホームズさんが、私の頬に手を触れ、顔を近付けかけたその時――、

「葵さん、ホームズさん、そろそろ」

春彦さんが、手を振りながら、大きな声を上げた。

はーい、と私は返事をし、ホームズさんは額に手を当てている。

「さすが、秋人さんの弟。絶妙なタイミングで邪魔をしてきますね」

「もぅ、ホームズさん」

「冗談ですよ。では、行きましょうか」

「はい」

私はホームズさんの手を取って、春彦さんと香織の元に向かった。

国見の丘を出る頃には、来た時と同じように、一歩前にはホームズさんと春彦さん、その後ろに、私と香織という配列に変わっていた。

緩やかな坂道を下山する。

「葵、ちょっとええ？」

香織はあえて歩みを遅らせて、前の二人には聞こえないような小声でつぶやいた。

私は頷いて、香織を見る。

「うち、自分の気持ちが分からへんて言うてたやん？」

そうだね、と私は相槌をうった。

「ここに来て、ハッキリしてん」

香織は、小さく息をつき、『国見の丘』を振り返る。

「今後、本当にあそこが『恋人たちの聖地』になったとして、ほんで、もし春彦さんの隣に他の女の人——たとえば相笠先生が立ってたら、て想像してみたんや……」

そう話す香織に、私は何も言わずに次の言葉を待つ。

あの時の相笠先生と春彦さんは、まったく違うタイプながらも奇妙な一体感があり、こういうカップルもありえるのかもしれない、という雰囲気だったのだ。

「そしたら、やっぱ嫌やなって」

香織は苦々しい表情でつぶやき、春彦さんの背中に視線を送った。

「うち、やっぱり、春彦さんが気になるんやって、思った」

「香織……」

「あ、別に告白とかしてへんよ。ようやく自分の気持ちに向き合えたってだけの話で」

うん、と私は微笑む。

香織の表情はとても清々しい。

私も香織も、ここに来て、自分の心に素直になれたのだ。

始まりの地には、特別なエネルギーがあるのかもしれない。

香織も私と同じように、玄武のエネルギーに背中を押してもらえたのだろうか？

だとするなら――、

「ここは本当に、『恋人たちの聖地』だね」

ぽつりとつぶやいた私に、「うん？」と香織が訊き返す。

なんでもない、と私は微笑んだ。

私たちは歩みを速めて、前の二人との距離を詰めた。

「次は、『大徳寺』の『高桐院』と『今宮神社』やね」

「うん、久しぶりにあぶり餅、食べたいな」

「いいですね。僕も久しぶりです」

「『今宮神社』の後は、新大宮商店街も楽しいから立ち寄ろうか」

私たちは、ぜひ、と頷きながら弾んだ足取りで、船岡山を後にした。

※葵が描いたゆるキャラ『げんぶくん』

第二章　絡まり合う縁と過去

1

『歴史探索コース』を回った翌日の日曜日。

私は一人、郊外の美術館へと向かっていた。

随分と遠いところだと思っていたけれど、阪急京都線・河原町《かわらまち》駅から三十分足らずで、最寄りの・大山崎《おおやまざき》駅に着く。

駅からは徒歩十分だそうだが、無料送迎バスも出ていた。高齢者優先とのことだ。

バスがとても空いていたのと、迷って時間に遅れては困ると思い、利用させてもらうことにした。

走り出してすぐに、バスは山へと入っていく。

結構な坂道であり、バスに乗れて良かった、と私は胸に手を当てた。

生い茂る木の葉は、紅く色付いている。

大きな家も多く見受けられ、ここはまるで別荘地のようだ。

バスは、小さなトンネルの前で停まった。

そこからは徒歩であり、私は運転手に礼を言って、バスを降りる。

まるで門のようなトンネルだった。そこをくぐると、傾斜を利用した庭園が広がっている。

真っ赤な楓《かえで》と、黄色いイチョウが鮮やかに秋を讃えていた。

「……まるで、別世界みたい」

少し歩くと、大きな洋館が見えてきた。

一部がレンガ造りの英国式建築の山荘だった。

まるで英国人の貴族が日本に建てた別荘のような佇まいだ。

この瀟洒《しょうしゃ》な美術館の名称は、『アサヒビール大山崎山荘美術館』という。

ここを建てたのは、英国人ではなく、大正時代に実業家として名を馳せた加賀正太郎《かがしょうたろう》という日本人。

彼は英国留学を経て、自らが構想を練って建築に携わったそうだ。

加賀氏の想いのすべてを結集した美しき山荘は、取り壊しの危機に見舞われながらも、現在は美術館として活用されている。

「すごい……」

こんな素晴らしい場所を今まで知らなかったなんて……。

石造りの家頭邸や、京都市内で見掛けるヴォーリズ建築とは違う、素晴らしい洋館を前に見惚れて立ち尽くしていると、

「葵さん」

建物の中から、一人の女性が姿を現わした。

年齢は、三十代前半。艶やかなセミロングの髪は、綺麗に巻かれている。

デコルテラインが開いたニットにスカートとシンプルなファッションだ。けれど、手首や首元のアクセサリーがよく映えて、とても洗練されている。

「慶子《けいこ》さん」

私は彼女の前まで行き、深々と頭を下げる。

そう、彼女が、藤原《ふじわら》慶子さん。

美術界で名の知れた美術キュレーター、サリー・バリモアのアシスタントを務めていて、私をニューヨークへ誘ってくれた人だ。

「ニューヨークでは大変お世話になりました。そしてサリーの記事も……」

先日は、サリーが私について語っている記事を送ってくれた。

その後のやりとりで、今日、ここに来てほしいと伝えられたのだ。

「すでに、メールでお礼はたっぷりもらってるからいいわよ。それに、私の方こそ、お礼を言いたいわ」

えっ、と戸惑う私に、慶子さんはにこりと目を細める。

「あの記事を読んで感じたと思うけど、あなたがサリーと篠原《しのはら》さんの仲を取り持ってくれたおかげで、悪魔のようだったサリーがすごく丸くなってね」

篠原さんとは、篠原陽平《ようへい》のことである。

彼もまた世界を股に掛けて活躍する美術キュレーターだ。

篠原さんとサリーは、二十五年前、恋人同士だったのだが、ある出来事から二人の仲は断絶していた。

私は二人の師匠であり美術界の世界的権威、トーマス・ホプキンス氏に頼まれて、なぜ二人が仲違いをしてしまったのか調べることになった。

その結果、さまざまな事情が絡み合い、大きな誤解があったことが判明。真実を知った二人は二十五年の時を経て、和解に至ったというわけだ。

常にピリピリとした空気を纏っていたサリーが丸くなった様子を想像すると、私の頬は自然と緩んだ。

「もしかして、サリーと篠原さんは、またお付き合いを？」

「ううん、まだそういう感じではないわね。良いビジネスパートナーになっているわ。私たちアシスタントは時々、篠原さんのお仕事も手伝うようになったの。篠原さんは人を育てるのが上手いしね。お蔭で私たちは新たな経験と勉強ができて喜んでいるわ」

それは良かったです、と私は笑みを返す。

「実はね、今回も篠原さんの仕事のお手伝いでここに来ているの。今度、この美術館で彼が手掛けている展覧会が開かれるのよ」

「そうだったんですね」

「ええ。それで篠原さんが、この展覧会は、葵さんに観てほしいって」

「私に……？」

どうしてだろう、と不思議に思う間もなく、疑問は解決した。

慶子さんが、展覧会のチラシを見せてくれたのだ。

そこには、『魅惑のガラス展　アール・ヌーヴォーと現代作家』と書かれている。

ああ、と私は苦笑した。

「そうなんです。私……ガラスの知識に乏しいんですよね。篠原さんにもっとガラスに触れることを勧められていて」

「そうみたいね。今は準備中なんだけど、もう作品が揃っているから、あなたに観てもらおうと思って」

「えっ、いいんですか？」

私は思わず前のめりになる。

「ええ、そのためにここまで呼んだのよ」

わあ、と私は掌《てのひら》を合わせた。感激に頬が熱くなる。

「嬉しいです、ありがとうございます」

すると慶子さんは、可愛いわね、とつぶやいた。

私は、えっ？　と訊き返す。

「なんでもない、ちょっと清貴の気持ちが分かってきただけ。こっちよ」

慶子さんは、踵《きびす》を返し、山荘に向かって歩き出す。

私は少し慌てながら彼女の後を追った。

中に入ると、美しいステンドグラスや、二階まで吹き抜けの天井が見える。そこに、レトロなシャンデリアが下がっていて、立派な手すりの階段がある。階段の側には、一見、大きな柱時計に見えるアンティークがあった。

「これ、なんだか分かる？」と慶子さん。

「オルゴールですよね」

「あら、やっぱり知ってた？」

「家頭邸にもあったんですよ」

「ああ、誠司さんのお屋敷ね。行ったことがないけど、あそこも立派という話よね」

はい、と私は頷く。

「外観は石造りなので、ここことは違っているんですが、内装はよく似ています」

さすがね、と慶子さんは笑う。

「ここに来ると、家頭邸を疑似体験できるのね。この洋館の凄いところは、まるごと美術館であることなのよ」

「それは、本当に凄いことだと思います」

私は力強く同意した。

円山公園《まるやまこうえん》の長楽館《ちょうらくかん》しかり、立派な洋館はそれだけで見応えがある。

そこに、美術品が展示されているのだから、ある意味、美術館の理想形といっても良いのかもしれない。

ここには、アサヒビール（かつての朝日麦酒）初代社長が蒐集《しゅうしゅう》したコレクション、陶磁器や漆器、染織、そしてクロード・モネの『睡蓮《すいれん》』連作などが展示されている。

「陶磁器も素晴らしかったですけど、モネには驚きました」

館内を一通り観てまわり、私は熱い息をつく。

「でしょう。ここは、篠原さんおすすめの美術館なのよ」

慶子さんはそう話しながら、ある部屋の前で足を止めた。そこには、『準備中』という看板が立っている。

「これを首に下げて」

と、慶子さんは、スタッフ用のパスを私に差し出す。

私は言われた通り、首から下げた。

扉を開けると、作業をしているスタッフたちが中に入ろうとする私たちを見て会釈をした。

私は、失礼します、と足を踏み入れて、展示室を見回す。

そこにはガラス工芸の世界が広がっていた。

エミール・ガレ、ドーム兄弟で知られるオーギュストとアントナンの作品が並んでいる。

花や植物をあしらった花器、ゴブレット、ランプ。

とても斬新なデザインのものが多い。華やかで繊細な美しさのガラス工芸は、陶磁器とは違う魅力を放っている。

近寄りがたさを感じるものもあれば、愛敬のある作品もあった。

キノコの形のランプ、『ひとよ茸《だけ》ランプ』を前に、私は、ふふっと笑う。

これは有名なガレの作品だ。

ガラスの歴史についても、説明書きが添えられていた。

その歴史は古く、西アジアでは紀元前二〇〇〇年代、エジプトでは紀元前一五五〇年代にまで遡るらしい。

その頃に作られたと思われるガラスの容器が、発見されていた。

それが、『ガラス工芸』の幕開けといって良いだろう、と書かれている。

ガラスの製法を端的に説明すると、珪砂《けいしゃ》、ソーダ灰、石灰石、着色に必要な材料を混ぜ合わせて、高温で加熱することでできる。

こう聞くと簡単なように感じるけれど、何の知識もないところで誰がそんなことを思いつくのだろう。

そうして、こうした美しい芸術品を作り出すようになるのだから——。

「人間って、すごいですよね」

思わず、そんな言葉が口をついて出た。

本当ね、と慶子さんが頷く。

続きの部屋には、現代のガラス工芸が並んでいた。

「篠原さんの本当の目的は、アール・ヌーヴォーの芸術に触れたうえで、今、この時代に活躍するクリエイターの作品を知ってもらうことなのよ」

現代のクリエイターが作るガラス工芸は、アール・ヌーヴォーに比べてシンプルだ。

だが、洗練されていて、研ぎ澄まされたものを感じる。

水の流れや宇宙をイメージしたものもあれば、『日本に現代まで伝わる技術』として、切子のグラスやアクセサリーも並んでいた。

「わあ、『江戸切子《えどきりこ》』ですね」

祖母も持っている、細工が美しいガラスだ。

「江戸だけじゃないのよ」

えっ、と私は、あらためて確認する。

『江戸切子』、『薩摩《さつま》切子』、『天満《てんま》切子』と書かれていた。

「切子って、『江戸切子』だけじゃなかったんですね」

ぽつりと零すと、慶子さんは笑った。

「あなたの知識って、本当に陶磁器にだけ偏《かたよ》っているのね」

おそらく、一般的なことなのだろう。私は気恥ずかしさを感じながら、すみません、と肩をすくめる。

「いいのよ、面白かっただけ。『江戸切子』は、江戸時代末期にビードロ屋が、ガラスの表面に彫刻で模様を施したのが始まりと言われているの」

そのためか、グラスだけではなく、ビードロも展示されている。

「『薩摩切子』も同時期ね。藩主が事業の一環として制作しているの。『江戸切子』が民間の仕事なら、『薩摩切子』は役所の仕事といったところかしら」

藩の資金のために、もの作りをする。

陶磁器でいうと鍋島焼《なべしまやき》のようなものだろう、と話を聞きながら私は思う。

「『天満切子』もまた江戸時代、ガラス商人が、長崎でオランダ人より伝えられたガラス製法を学んで、それを関西――大阪に持ってきたのが始まりと言われているのよ」

私は、慶子さんの説明を聞きながら、ノートに書き込んだ。

彼女は、やだ、と頬を赤らめる。

「こんな、ざっくりとした説明、メモしなくていいわよ。ここにちゃんとした紹介が書いてあるから」

そう言って慶子さんは、説明が書かれた紙を差し出す。

ありがとうございます、と私はそれをノートに挟み、切子ガラスに顔を近付けた。

「とても綺麗ですね。こんな美しい工芸品を普通に使ったりするわけですから、思えば信じられないですよね」

「あら、それを言うなら、『蔵』だって高価なカップ&ソーサーを日常的に使っているじゃない」

「時々、『高価すぎて気が引ける』と言われたりもするんですよね」

「そんなものかしら? 普段使えないカップを使えるなんて嬉しいと思うんだけど」

「私もそうなんですけど、割ったらどうしようと緊張してしまう人もいるみたいで」

「まぁ、その気持ちは分かるけどね。でも、『蔵』なら、もし来客用カップを不注意で割ってしまっても、弁償しろなんて言わないでしょうに」

そう言った彼女に、「そうですね」と私は笑う。

「それはさておき、ここを見てほしいの」

と、慶子さんは、私を奥の一角へと誘った。

そこは、切子ガラスで彩られた空間となっていた。

色鮮やかなランプ、グラス、ゴブレットは、エキゾチックな雰囲気で、まるでトルコガラスを思わせる。

一見したところ、江戸、薩摩、天満のものではなさそうだ。

「これは……？」

作品の側には、『神戸《こうべ》切子』と書かれている。

これも初めて目にする名前だった。

「『神戸切子』なんてのもあるんですか？」

慶子さんは、これはね、と愉しげに目を細める。

「……あっ、ちょうど、メンバーがいるわね」

慶子さんは、展示室の隅で打ち合わせをしているスタッフに向かって、「神戸切子さん、ちょっといいかしら」と大きく手招きをした。

慶子さんに呼ばれてやって来たスタッフは、女性が一人、男性が二人。

一見したところ、三人とも二十代の若者だった。

「彼らは、兵庫県で活躍するクリエイターたちでね、『自分たちで新しい切子を』という試みで『神戸切子』を作ったのよ」

えっ、と私は少し驚きながら、彼らを見る。

「それじゃあ、ここの『神戸切子』は、皆さんが？」

はい、と三人は、はにかむ。

そんな彼らを前に私は、自己紹介をしなければ、と頭を下げた。

「あっ、私は真城葵と申します。よろしくお願いいたします」

「葵さんは、将来を有望視されたキュレーター見習いなのよ」

すかさずそう付け加えた慶子さんに、私は、そんな、と首を振る。

「はじめまして。俺は赤松《あかまつ》といいます。そしてこっちは伊川《いがわ》と坂口《さかぐち》です。元々、俺と伊川が、同じガラス工房の出身なんですよ」

リーダーと思われる青年、赤松さんはそう言って、もう一人の男性、伊川さんの肩に手を載せた。

伊川さんは、そうなんです、と頷く。

「自分と赤松は、見聞を広げるためにトルコに行って、トルコガラスの美しさに魅了されたんです。自分たちでもトルコガラスのようなものを作りたい、と話していました」

ですが、と赤松さんが、話を引き継ぐ。

「俺たちは、その後に日本の切子に触れたんです。ああ、もちろん、切子は知っていましたよ。ですが、職人になってから、海外をまわり、あらためて日本の切子を前にすると、『自国にこんな素晴らしい技術があるじゃないか！』と感動したんですよね。それで、自分たちでも切子を作ってみたいということに」

ええ、と伊川さん。

「そんな折、俺たちは、素晴らしいセンスを持つデザイナーに出会えたんですよ」

彼らはそう言って、真ん中に立つ女性、坂口さんに目を向けた。

彼女はベリーショートでとても色が白い。繊細さと透明感がある美しい女性だ。

坂口さんは、あはは、とはにかむ。

「『デザイナー』だなんて。僕の本業は、建築デザインなんですが、趣味で絵を描いているんです。その絵をネットに上げていたら、彼らが声を掛けてくれまして、今は仕事の傍ら、『神戸切子』のデザインを担当させてもらっています」

坂口さんの声を聞いて驚いた。

「……坂口さんって、男性、だったんですね？」

私が思わずそう言うと、赤松さんと伊川さんが笑い、坂口さんは苦笑する。

「あ、はい。僕は男です」

「そうだったんですね、つい。すみません」

私が頭を下げると、坂口さんは、いえいえ、と首を振って微笑む。

『中性的な美少年タイプ』というと利休くんを思い出すけれど、彼とは雰囲気が違う。

利休くんは生意気で少し尖ったオーラを纏っている。一方の坂口さんは線が細く、まるでガラス細工のように繊細だ。

「また、女と間違えられたな、ユキちゃん」と赤松さん。

「ユキちゃんって言うなよ」

坂口さんは、不本意そうに肩をすくめる。

私の中で何かが引っかかり、「ユキちゃんって?」と、思わず身を乗り出した。

「僕の名前は、自由の『由』に貴族の『貴』と書いてヨシタカというんです。それで子どもの頃から、『ユキ』って呼ばれていまして」

「子どもの頃から『ユキ』って言われてるなら、別に呼んでもいいじゃん」

「『ユキ』って呼ぶ分にはいいけど、『ちゃん付け』は禁止。まるっきり女性と間違われてしまうんだから」

「あー、そういうことだったんだ」

彼らは、今さらながら納得した様子だ。

赤松さんは、気を取り直したように、私たちの方を向いた。

「そんなわけで、『神戸切子』は、男三人の若いチームなんですよ」

「できれば、たくさんの人に知ってもらいたいと思っているので、自分たちの活動を篠原さんに知ってもらえて嬉しかったです」

「そのうち、神戸だけじゃなく、ほかの地方にも呼びかけて作っていけたらって思っているんですよ。たとえば、『小樽《おたる》切子』とか『京都《きょうと》切子』とか」

そう話す彼らに、ワクワクしてきて、私の頬も熱くなる。

「それは素敵ですね」

でしょう、と慶子さんは頷く。

赤松さんが、「ぜひ、お見知りおきを」と一礼する。

「そして、作品を展示できる機会がありましたら、どんな話でも乗りたいと思っているので、何かございましたら、どんどんお声がけください」

私は、いつか彼らの力になれたら、と思いながら頷いた。


その後もひとしきりガラス工芸を観てまわり、お茶にしましょう、と私たちは二階にあるテラスへと向かった。

「わあっ」

テラスに出ると、紅葉に彩られた山々と三つの川が見える。

この豊かな緑のおかげで、ここはいつ来ても四季を楽しめるだろう。

まさに、絶景だ。

「天王山《てんのうざん》と男山《おとこやま》に囲まれていてね、東から木津川《きづがわ》、宇治川《うじがわ》、桂川《かつらがわ》が流れ込んでいて、この大山崎で合流して淀川《よどがわ》となって大阪に流れていくそうよ。加賀正太郎はイギリスのウインザー城から望むテムズ川の流れの記憶をもとに、ここに山荘を建てたとか」

「この景色が、決め手だったんですね」

なんだか、『国見の丘』の逸話を思い出す。目にした光景に胸を打たれて、決意を固めるというのは、いつの時代であろうと、人に起こり得ることなのだろう。

私たちはオープンカフェのテーブルに座り、メニューを開いた。

「ここはご馳走するわ。なんでも好きなのをどうぞ。ケーキセットもビールもあるわよ」

そう言ってくれた慶子さんに、ありがとうございます、と私は会釈する。

「それじゃあ、ケーキセットを……」

「私はせっかくだから、アサヒビールを……と思ったけど、この後も仕事なのよね。ガラスを扱うのに、アルコールは飲めないわ」

慶子さんは、残念、と肩を下げる。

そうして私たちはともにケーキセットをオーダーし、互いの近況報告をした。

慶子さんの話は、主にサリーと篠原さんのことだった。

サリーが直前で展覧会のタイトルを変更して、アシスタントたちが一番大変だったとぼやき、それだけに大成功で、皆で胸を撫でおろしたことなど。

「葵さんは、今何を？」

慶子さんに問われて、私は円生の話をした。

彼は元は腕利きの贋作師であり、一時、鑑定士を目指すも、断念。いろいろあったものの、今彼は富豪たちに才能を認められている画家だと伝えた。

そんな彼の展覧会を家頭邸で開催しようという話になり、それを私が担当する、と伝えると、慶子さんは大きく目を見開いた。

「私も『蘆屋大成』の名前は知っているわ」

「ご存じだったんですね⁉」

「ええ、あのジウ氏が入れ込んでいるという噂だったから。その人の展覧会を手掛けられるなんてすごいじゃない」

はい、と私は頷きながら、俯いてしまう。

「でも、プレッシャーで良いアイデアがまったく浮かばなくて、動けなくなってしまいまして」

「馬鹿ね。浮かばなくても、動かないと駄目なのよ」

切り捨てるように言った彼女に、私は驚いて顔を上げた。

「もしかして、あなた、全部自分でやろうとしていない？」

そう問われて、ぎくりとした。

「そんなの動けなくなって当たり前よ。いい、よく覚えておいて。前にも伝えたけど、キュレーターは全部自分でやったりはしない。いわば、映画監督なんだから。撮影はカメラマンに、脚本はライターに、舞台は美術スタッフに自分の趣旨をしっかり伝えて動いてもらう。できる人にどんどん割り振って、頼んでいくのよ」

これは、ニューヨークで慶子さんに会った時に教えられたことだ。

頭では分かっていても、身になっていなかった。

「で、予算――資金の調達はどうなっているの？」

「それは、ホームズさんが『何も心配しなくていいので、好きなように企画してください』って言ってくれてまして」

「えっ、清貴が用意するってわけ？」

「いえ、そうではないと思います。円生さん――蘆屋大成を支持している資産家はたくさんいるので、そういう方々に呼びかけるつもりかと」

なるほど、と慶子さんは頷く。

「それじゃあ、お金を気にしなくていいわけね。なんて理想的なイベントかしら。羨ましいわ」

心からという様子で言う彼女に、ですよね、と私は肩をすくめる。

「その蘆屋大成父子の作品は、何人かの手に渡っているのよね？」

「あ、はい」

「まずは、それをどれだけ集められるかをしっかり確認する。揃う作品を把握してから、テーマや演出を考えられるんだから」

「本当に、そうですね」

「そして作家をよく知ることが大事。幸運にも近くにいる人物なんだから、ちゃんと取材をして、あなたは、円生という人物を自分なりに受け止める必要があるわ」

私はノートを出して、慶子さんの言葉をメモしながら、はい、と頷く。

まさに目からウロコだ。

こんな当たり前のことすら、失念していた。

作品集めは、私が自分でやるよりも、ホームズさんにお願いすることにしよう。

そして私は、円生を取材する。

「そうしていくうちに、見付けられるものよ」

私は救われた気持ちで、はい、と頭を下げる。

「楽しみにしているわね」

「そう言ってもらえると、ちょっとプレッシャーですけど、嬉しいです」

「さらにプレッシャーをかけるようなことを言っていいかしら？　ちょっと私としては、悔しい話なんだけど」

少し前のめりになった慶子さんに、なんですか？　と私は戸惑いながら視線を合わせる。

「サリーはまだ、あなたのことを諦めていないみたい。やっぱり、あなたをアシスタントに欲しいみたいよ」

私の心臓が、どきん、と大きな音を立てた。

「それは、その……光栄です」

「あなたは、清貴と離れたくなくて、サリーの申し出を断ったのよね？」

慶子さんの言葉は間違っていないけれど、少しニュアンスが違う。

私と彼は恋人同士だ、離れたくない気持ちはもちろんある。でも離れたくないのは、それ以上に師匠としてのホームズさんが魅力的だったためだ。そのことを遠回しに伝えると、慶子さんは、そう、と頬杖をついた。

「清貴は、あなたがニューヨークに行ってしまう覚悟を決めていたようだけど……」

そう洩らした慶子さんに、私は、えっ、と訊き返した。

「あの夜のパーティーで、私はあなたより先に清貴に会っているのよ。その時にサリーの気持ちを伝えたの。そしたら清貴は、予想をしていたって顔で頷いていてね」

その姿は想像がついた。

実際に彼は、私がニューヨークに留学するであろう、覚悟をしていたのだ。

「そうしたら清貴は、もしそうなったら、どこに住むのがベストなのか、サリーは信用できる人物なのか、周辺に薬物の危険性はないかとか、根掘り葉掘り訊いてきてね」

「……薬物？」

「こういう業界では、よくある話だから……葵さんにそうした良くないものが近付いたら、って心配したんじゃないかしら。そういえば清貴は昔から薬物に対して、敏感なくらい警戒心が強い気がするわね」

言葉の後半は、ほとんど独り言のようだった。

思えば、以前、大麻に関する事件が起こった際、ホームズさんはとても強い言葉で、薬物使用者には近付かないよう、私に伝えた。

『――どんなに親しい人間、たとえ僕でも薬物依存症になったら、全力でその人から逃げてください。自分が立ち直らせてみせるなどと思ってはいけません。それは無理な話ですから』

あまりに実感がこもった言葉に、私は少し驚いたのだ。

「それはさておき、私としてはやっぱりもったいないと思うのよね」

慶子さんの言葉に、過去を振り返っていた私は我に返る。

「あなたが、清貴の側にいるのを選んだのも分からないではないわ。恋愛だけじゃなくて、今のあなたの成長は、清貴あってこそだろうし、あなたの言う通り、彼は師匠としても素晴らしいと思う」

異存のない私は、黙って相槌をうつ。

「私、清貴は結婚をしないタイプだと思っていたの。けど、あなたを選んだわよね。それは生半可な決意ではなかった思うわ。彼は絶対にあなたを離さないと思うの」

私は返答に困って、曖昧な笑みを返す。

「だからこそ、ひと時、離れても大丈夫じゃないかしら。だって清貴とは生涯を添い遂げられる。でも、サリーの許で働けるチャンスは今しかないのよ」

その言葉を聞きながら、私の鼓動がどんどん速くなっていった。

「まぁ、今一度、検討してもいいんじゃないかしら……という提案よ。とりあえず、あなたは自分の仕事をがんばらなくてはいけないだろうしね」

「……はい」

慶子さんの話を聞いて、私の胸が熱くなっていた。

先日、秋人さんに『プレッシャーがあった方が、気合入るもんじゃねぇ？』と言われた時は、とてもじゃないけれど、そんな気持ちにはなれなかった。

けれど今は、あの言葉が理解できるような気がした。

あのサリーが、そんなふうに思ってくれている。

こんな光栄なことはない。がんばって、素敵なものを作りたい、そう強く思う。

「そうそう、渡し忘れていたわ。これ、もし良かったら」

慶子さんはバッグから『神戸切子』のチラシを出して、テーブルに置いた。

作品の写真とともにスタッフ三人の写真も載っている。

私は会釈をして、チラシを手に取った。

「『神戸切子』のガラス工芸、とても素敵でしたよね」

エキゾチックなランプが所狭しと、天井から釣り下がっていた。その空間はまるで異次元のようで、不思議な世界に迷い込んだ気がしたのだ。

鞍馬口通のカフェ『さらさ西陣』を訪れた時も感じたけれど、『懐かしいのに別の世界を思わせる』というのは、素敵かもしれない。

一歩、足を踏み入れて、驚かされる。それは、少し魔法に似ている。

そこまで思い、私はハッと目を開いた。

「そうだ……あの、慶子さん」

「何かしら?」

「もう一度、『神戸切子』のメンバーにお会いしたいんです。お願いしたいことがありまして」

急に、むくむくとアイデアが浮かんできた。

どうなるか分からない。

それでも、なんだか、素敵なものができそうな気がしていた。

2

「これが、あんちゃんに頼まれていた調査結果だ」

葵さんが大山崎に出かけた日の夕方。

僕は祇園――木屋町《きやまち》四条下《しじょうさが》ルにある小松探偵事務所を訪れていた。

所長デスクにいた小松さんは、僕を見るなり茶封筒を差し出す。

円生の姿はなかった。

二階の部屋を間借りしている彼だが、今は気配が感じられない。留守にしているようだ。

ありがとうございます、と会釈をして、僕は所長デスクに歩み寄り、茶封筒を受け取った。中には、調査結果の書類と写真が入っている。

最先端のプログラミング技術を持つ彼だが、こうしたやりとりはアナログだ。探偵という職業に憧れていたと言っていたから、こういうのが好きなのだろう。

さて、と写真を確認する。

浅井智花の婚約者・佐田豊は、彼女の誕生日に何をしていたか――？

「彼女の誕生日、婚約者の佐田は店を閉めていて、自宅駐車場の車も動かさないまま。どうも家に籠りっきりだったようなんだ。だけど、気になるのはその前日だな」

僕は黙って次の言葉を待つ。

「智花さんの誕生日の前日、佐田は祇園のレストランで敦子さんと食事をしていることが分かった」

小松さんは息を吐き出すように言って、腕を組む。

彼の言葉通り、佐田さんと敦子さんが向かい合って座っている姿が隅の方に写っていた。これは、どうやら誰かのＳＮＳに写り込んだ写真のようだ。

僕は、ふむ、と顎に手を当てる。

想像の範囲内ではあった。敦子さんは彼女自身、もしくは自分の手の者を使って、佐田さんを呼び出していたのでは、と予測を立てていたからだ。

小松さんは椅子に座った状態で、横に立つ僕を見上げた。

「なぁ、あんちゃん。もしかして、敦子さんと佐田は、付き合っていたりして？」

佐田さんは三十代半ば。妖艶な美しさを持つ敦子さんは五十代。歳の差はあるけれど、そういうカップルはたくさんいる。

「それで敦子さんは、二人を別れさせようとしていたとか……」

少なからずショックを受けている様子の小松さんに、僕はそっと口角を上げた。

「いえ、おそらく違うでしょう」

「どうして、そう思うんだ？　ってか、どこを見てそう思うんだ？」

と、小松さんは、覗き込むように写真を見る。

「雰囲気です。佐田さんの姿を見ると、緊張に強張った様子です。一方の敦子さんは必要以上に自分を大きく見せようとしている。これは威嚇《いかく》ですね」

威嚇？　と小松さんが眉根を寄せる。

「状況から察するに、おそらく『あなたは智花さんに相応しくない』といったことを伝えていたのではないでしょうか？」

小松さんは、怖いな、と苦笑して、腕を組む。

「それは、やっぱり、智花さんを新店のスタッフにするためか？」

僕は、どうでしょう？　と首を傾げた。

「そうかもしれませんが、それにしては、やはりやりすぎな気がします。そもそも、敦子さんと智花さんの関係は、本当にただの先生と生徒なのでしょうか？」

小松さんは、ああ、と頷いて、書類を確認した。

「智花さんは東京出身。京都の大学に進学して、そのまま京都で就職している。調べた限り、智花さんと敦子さんは赤の他人でしかないな」

「そうですか……」

「気になるよな」

ええ、と僕は頷くも、肩をすくめた。

「ですが、もうこれ以上は介入できませんね」

これはあくまで、僕の確認だ。

いわば自分の中の答え合わせに過ぎない。

そうだよなぁ、と小松さんは頭を掻く。

「小松さん、お忙しいのにありがとうございました。ちゃんと調査費はお支払いいたしますので」

「もらえるかよ。また何かあったら頼るから、それでチャラだ」

小松さんはそう言って片手を挙げた。

僕は、ありがとうございます、と礼を言い、

「それでは、また来ますね」

と、小松探偵事務所を出た。

散歩をするように祇園の町を歩いていると、たくさんの知人とすれ違う。

「あら、清貴ちゃん。今日は円生ちゃんは一緒やないの？」

あの円生を『ちゃん付け』で呼ぶのは、祇園に長年住んでいる初老のご婦人、和代《かずよ》さんだ。『舞妓ストーカー事件』等で、円生と関わっている。

「和代さん、こんにちは。ええ、今日は僕一人ですよ」

「残念やわ」

「えっ、残念ですか？」

「ああいうひねた感じの子、好きやねん」

「そうでしたか。伝えておきますね」

と、僕は和代さんと少しの間、他愛もない談笑をし、その後に『蔵』へと戻る。

今、小松探偵事務所に籍を置きつつ、家業の骨董品店『蔵』の仕事もしている僕は、祇園と寺町三条を行き来することが多い。

僕の足だと、片道十五分にも満たない程度。

大した距離ではないので、苦にもならない。

僕が店を不在にする間は、基本的に父・家頭武史《たけし》に店番を頼んでいた。


「ただいま戻りました」

『蔵』の扉を開けると、カラン、とドアベルが鳴った。

隙あらば外に出て息抜きをしたがる父だが、筆が乗っている間だけはカウンターにかじりつくようにして執筆に勤しんでいる。

今はどうだろうか、と店に入ると同時に父の背中に目を向けた。

体に力が入っていない。集中力が途切れているようだ。

その証拠に、

「ああ、お帰り、清貴」

父は、帰ってきた僕にすぐに気が付いた。少し情けないような怯えた目を僕に向けている。

すぐにピンと来た。

「何かを壊しましたか？」

父は、ひっ、と小さく呻《うめ》いて、肩をビクッとさせる。

「あ、その、いや、すまない。君が大切にしているものを……」

その言葉を耳にするなり、僕は全身が一気に冷えていくのを感じた。

おそらく目に見えて分かるほどに顔色が変わっているだろう。

僕が大切にしていて、父が壊しかねないものとなれば、それは……。

「もしかして、僕のマグカップを？」

そのマグカップは、ただのマグカップではない。

最近、陶芸を始めた葵さんが僕のために作ってくれたものだ。

父は即座に、いやいやいやいや、と首を振る。

「違うよ。それには手を付けていない」

「それでは、何を？」

「マイセンのカップだよ。『宮廷《きゅうてい》の小花《こばな》』シリーズの……」

ああ、と僕は洩らす。

給湯室の水場を覗くと、割れたマイセンのカップがあった。

取っ手が折れて、飲み口が欠けている。

仕方ないですね、と僕は小さく息をつく。

世界に名が知れた陶磁器ブランド『マイセン』。

ちなみに『マイセン』とは、ドイツにある地名だ。東洋では既に生み出されていた白磁も、西洋では遅れをとっていた。そんな中、十八世紀にドイツ人の錬金術師、ヨハン・フリードリッヒ・ベトガーが、純白の硬質陶磁器製法の解明に成功した。その技術を用いてヨーロッパ初の王立陶磁器製造所がドイツのマイセンに設立されたのだ。

卓越した技術と芸術的なデザインで、今や日本でも人気を誇るブランドだ。

この『蔵』にも、来客用にいくつか揃えている。

父が割ってしまったという『宮廷の小花』シリーズは、花をモチーフにした華やかな金《きん》彩《だみ》のカップ＆ソーサーだ。

価格もそれなりに高額で、『蔵』では、大人の女性にお出しすることが多い。

父は普段、マイセンのカップを使おうとはしない。

だが、何かに集中すると、周りが見えなくなるところがある。

「何も考えずたまたま手に取ってしまってね。マイセンだと気が付いたんだが、戻すのも面倒でそのまま使ってしまったんだよ。それで、一息ついて腕を伸ばした時に倒してしまって……」

言い訳するように話す父に、そうでしたか、と僕は答える。

正直、ホッとしていた。もちろん、マイセンは大切にしていたし、好ましい出来事ではない。けれど、葵さんがくれたマグカップが無事ならば、と心から思う。

あのマグカップはお金に換えられない宝物だ。

「お怪我は？」

「あ、それは大丈夫だよ。本当にすまないね」

「もう、いいですよ。これからお気を付けください」

僕がそう言うと、父は救われたような表情を浮かべる。

「…………」

どうして、こんな顔を見せるというのか。

父はよく物を壊すけれど、僕は決して声を荒らげて怒ったりはしない。

それどころか、いつも『気を付けてくださいね』と言って、微笑んでいるのに……。

心外だ、と思っていると、カラン、とドアベルが鳴った。

「ただいま戻りました」

葵さんだ。店に入るなり、ぺこりと会釈をする。

「葵さん、お疲れ様です」

僕と父は口を揃えてそう返した。

彼女の登場に、店がパッと明るくなり、華やぐようだ。

「あの、ホームズさん」

葵さんは、僕の側まで歩み寄って、真っすぐに僕を見上げた。

迷いのない瞳に、何か吹っ切れたものを感じる。

「円生さんの展覧会ですが、予定通り十二月下旬に開催したいと思います」

やはり、と思った。

彼女は、それで、と言いにくそうにおずおず口を開く。

「可能な限り、円生さんと円生さんのお父さんの作品を集めたいんです。それをホームズさんにお願いしても良いでしょうか？」

遠慮がちに仕事を依頼する葵さんの姿を見ていると、頬が緩む。

「もちろんです。承知しました」

僕が頷くと、彼女は安堵の表情を浮かべる。

「あなたが決意してくれて嬉しいです。慶子さんもなかなかやりますね」

微笑みながら、僕の中にほんの少しの悔しさが生まれていた。

彼女の迷いを払うのは、できれば自分でありたかった。

葵さんは、そんな僕の想いを知ってか知らずか、にこにこしている。

「そして、葵さん、すみません」

突然謝った僕に、葵さんは、なんですか？　と不思議そうな顔をした。

「僕は、あなたが必ずやると言ってくれる確信があったので、円生父子の作品蒐集については、イーリンや高宮さんにお願いをしておりました。作品の確保は済んでいます。近々、家頭邸に届く予定ですよ」

勝手に予想を立てて動いていたことは黙っているつもりだった。

伝えたのは、少しだけの意地悪。思った通り葵さんは驚いたように目を丸くし、その後に見抜かれていたことが悔しかったのか、ほんのり頬を赤らめて口を尖らせる。

「あらためて、勝手にすみません」

「いえ、ありがとうございます。国境を越えて絵画を運搬するには時間がかかりますし、間に合わなかったらどうしよう、って不安にもなっていたので」

「それは良かったです。ところで大山崎の美術館はどうでしたか？　素晴らしかったでしょう？」

「はい。内装の雰囲気とか、家頭邸に似てると思いました」

葵さんはそう話しながら荷物を置こうと、給湯室に入る。

そこで割れたマイセンのカップを見たのだろう、「ひゃっ」と声を上げた。

「ホームズさん、『宮廷の小花』が！」

葵さんの悲鳴のような声を受けて、復活しかかっていた父がまたうな垂れた。

その様子を見て、葵さんは察したように、あっ、と口に手を当てる。

「えっと、店長、お怪我はなかったですか？」

「……大丈夫だよ、すまないね、葵さん」

「いえ、そんな」

と葵さんは首を振る。

しばし、しゅんとしていた父も、ややあって意を決したように顔を上げた。

「清貴、今回のことで思ったんだが」

「なんでしょう？」

「この前、わたしの担当さんも、うちのカップは高価で飲むときに緊張すると言っていたんだ。清貴も葵さんが作ってくれたマグカップを店内で使用するようになったし、いっそ、店内用にもっと気軽に使える普通のマグカップを用意したらどうだろう？」

父の提案を聞き、葵さんが、分かります、と前のめりになる。

「それ、とても良いと思います。私もブランド食器や人間国宝のマグカップを洗ったりする時、とても緊張しまして」

「葵さんもでしたか」

僕は少し意外に感じながら言うと、はい、と彼女は頷く。

「香織も『緊張する』って言ってましたよ」

なるほど、と僕は納得して、人差し指を立てた。

「でしたらお店用に『蔵』オリジナルのマグカップを作りましょうか」

おお、と父が顔を明るくさせる。

「それでは、陶芸を始められた葵さんに作ってもらうというのは、どうでしょう?」

その言葉に僕のこめかみが、ぴくりと引き攣る。

葵さんは、ぶんぶん、と手と首を振った。

「そんな、私の手作りなんて、『蔵』のお客様にお出しできませんよ」

その言葉に僕はホッとして笑みを浮かべた。

「お父さん、葵さんにプレッシャーをかけないでください」

葵さん自身が望むなら話は別だけど、そうではないならば、葵さんのマグカップは自分だけが持っている状態でありたい。

そんな僕の子ども染みた独占欲を父はすぐに察したようで、目をそらした。

「あ、ああ、そうだね。では、知り合いの業者に頼んで、『蔵』のマグカップを作るというのはどうだろう」

「それがいいですね。カタログがありますよ。色や形を選べるんです」

僕が棚からカタログを出して、カウンターの上に置くと、葵さんは目を輝かせた。

「わあ、こういうのがあるんですね」

それから、僕たちはカタログを開き、どんな形にするか決めていった。

形が決まったら、色の見本のページを開き、僕は葵さんを見る。

「葵さんは、どんな色が良いと思いますか？」

そうですね、と彼女は真剣な眼差しで、色見本を確認している。

「『蔵』のイメージに合わせると、ダークブラウンやグレーもいいと思うんです。でも逆に合わせず、映えることを考えると、こういう色もいいかなって」

彼女が指差したのは、ターコイズブルーだった。

僕は素直に、なるほど、と思った。

「たしかに、ブラウンの店内に、この色でしたら映えますね」

父も、うん、と口角を上げる。

「素敵だと思います。わたしなら、無難にブラウンを選んでしまいそうです」

いえいえ、と葵さんは顔を真っ赤にさせている。

「マグカップには『蔵』の文字も入れましょうか」

「漢字ですか？」

「漢字も悪くないのですが、書類にサインをするイメージで『Ｋｕｒａ』と筆記体で入れるのはどうでしょうか？」

「さり気なくていいと思います」

「ありがとうございます。では、こんな感じになると思います」

僕はノートパソコンを開き、出来上がりのイメージ画像を見せた。

いいですね、と二人は嬉しそうに頷く。

「素敵です、大きさも丁度良さそうですね」

「届いたら、高価なカップを敬遠しそうなお客様には、こちらの『蔵』オリジナルマグカップをお出しすることにしましょう」

「高価なのは、奥にしまっておきますね」

父も、良かった、と頬を緩ませた。

「これで気軽に使えますね」

「原稿も捗《はかど》りますね」

僕がそう言うと、父は、うっ、と胸に手を当てる。

その姿に僕と葵さんは、顔を見合わせて微笑み合った。

「こうやって自分たちで作っていくのって楽しいですね。円生さんの展覧会も素敵なものにしたいです」

以前とは違い、彼女の中に高揚感がある。大山崎美術館に行き、きっと良いアイデアを思い付いたのだろう。

「大山崎では、どんな良い出会いがあったんですか?」

「お伝えしようと思っていたんです。『神戸切子』という、新しい切子を作っている若いクリエイターチームとの出会いがありまして……」

葵さんは、いそいそとスマホを出して、撮ってきた写真を僕に見せた。

画面には、トルコガラスを思わせるエキゾチックなランプやグラスが写っている。

「美しいですね。これが『神戸切子』のガラス工芸ですか?」

「はい。それで私……円生さんの展覧会に、『神戸切子』さんたちのランプを使わせてもらえたらと思い付きまして、お願いしてきたんですよ。今度、ちゃんと打ち合わせをするんですが……」

そうでしたか、と僕は微笑む。

彼女はいつもそうだ。

時に危なげに見えるけれど、しっかり自分の足で動き、答えを導き出す。

そんな彼女が誇らしくも、不安にもさせられる。

いつの間にか、いなくなってしまうのではないか、と感じるのだ。

「それでは、葵さん。企画書を作成してください。それをもとに『神戸切子』さんや僕たちが動きますので」

彼女は「あ、はい」と弾かれたように答える。

「『京もっと』のお手伝いもありますし、大変ですね」

「はい。でも、そこからもインスピレーションをもらえますので。ですが今は、とりあえず、企画書を優先にがんばります」

葵さんは奮起したように両拳を握って、僕を見上げた。

「……がんばってくださいね」

笑みを返しながら、彼女の愛らしさに、僕の胸は詰まる。

その手を引き寄せて、こめかみにキスをして、抱き締めたい。

ああ、どうして今、ここに二人きりではないのだろう。
ちらりと父に一瞥をくれると、悪寒を感じたのか、父は肩をビクンとさせていた。

第三章　梶原家の秘密

1

小春日和《こはるびより》の休日。

『船岡山エリア』活性化プロジェクトのひとつ、『船岡山マルシェ』が、船岡山公園で開催された。

船岡山公園は、大徳寺の南側、建勲神社の隣に位置している。高さは百十二メートルほどの小高い丘で、その地形が船に似ていたことから『船岡』と呼ばれるようになったそうだ。

公園の入口は、北大路通に面しているので、分かりやすい。『船岡山マルシェ』という看板が置かれている。マルシェらしく、カラフルでポップな雰囲気だ。

なだらかな坂を上ると、自動販売機や児童公園が見えてくる。広場もあり、そこにカラフルなテントが設置されていた。

フリーマーケット、手づくり市といった定番から、和菓子、焼き菓子、ヨーロッパやロシアといった異国の雑貨にフード、木の玩具店、絵本店、こだわりのホットドッグのお店にコーヒーショップと、多種多様なお店のテントが並んでいる。

「おはようございます。今日はどうぞよろしくお願いします。何かありましたら、腕章をつけている私たちにお声を掛けてください」

区役所の人たちと一緒に『船岡山マルシェ』をサポートする私たち『京もっと』のメンバーは、朝一番に腕章をつけて各テントへ挨拶をしてまわった。

もちろん、『京もっと』のテントもあり、私たち学生がつくった『船岡山エリア』の散策マップが置いてある。

『大願成就、そして陰陽《いんよう》の玄武の地は、恋に効くかも⁉』……なんて、いろんな意味で無責任な文言が載っているけれど、ご愛敬だ。

私の考えた玄武のゆるキャラ、『げんぶくん』のイラストが描かれた『船岡山エリアのゆるキャライラストコンテスト！』というチラシ、その他にも、『ざっくり説明、応仁の乱！』なんてチラシも用意している。これはホームズさんも手伝ってくれた。

チラシだけでは寂しいので、私たちは前日に『げんぶくん』のイラストをプリントしたクッキーを作った。

これが、なかなか大変だった。

まず、『げんぶくん』のイラストを大量にコピーする。

その上に半透明のクッキングシートを置いて、マスキングテープで固定。

竹串に溶かしたチョコを付けて、クッキングシートに『げんぶくん』をトレースしていく。

できたらそれをしっかり冷やして、それからクッキーの生地作り。

ハートにくり貫いた生地に、先ほどのチョコイラスト付きのクッキングペーパーを載せて、しっかりと転写。

その後、イラストを写した生地をしっかり冷やしてから、ようやくオーブンで焼く。

焼き上がりは、思ったよりも良い出来で、皆で感動したものだ。

それを小さな袋に入れて、チラシを全種類持って行ってくれた人に無料配布することにした。

マルシェは、十時オープン。

どれだけの人が来てくれるのか、まったく読めなかったけれど、天候に恵まれたのもあり、多くの人が押し寄せた。

「わあ、思ったよりも、すごい人！」

「ほんまやね。成功やん」

テントの中に並んでいた私と香織は、首を伸ばして様子を窺う。

どのテントも盛況で、公園全体が活気に満ちている。

「ロシア雑貨のところの本場のピロシキ、美味しそう。大人気だね」

「わぁ、美味しそうやね。テント当番終わる頃には、売り切れたりして」

「それは嬉しいけど、ちょっと寂しいね」

「ほんまや」

笑い合ってると、私たちのテントにも多くの人がやってきた。

嬉しそうにチラシと『げんぶくんクッキー』を持って行ってくれる。

イラストを見た多くの人が、ふふっと笑う。

「この玄武、可愛い。『ゆるキャライラストコンテスト』って、もう、この子でいいんじゃない？」

ですよね、と笑う香織に、私は首を振る。

「これは、あくまで仮のゆるキャラですので」

そんな話をしていると、「お疲れ様です」という聞き覚えのある声が耳に届いた。

顔を向けると、ホームズさんが笑顔で歩み寄って来ていた。

「ホームズさん、来てくれたんですね」

「当然ですよ。実は、もっと早くに着いていたんですが、お二人がピロシキの話をしていたので、今まで並んでいたんですよ」

差し入れです、と私と香織にピロシキを差し出してくれる。

私たちは、わあ、と顔を明るくさせた。

「ありがとうございます。今まで並んでいたって、結構時間がかかったんですね？」

「ええ、その代わり、揚げたてですよ」

香織も、ほかほかや、と目尻を下げる。

「おおきに、ホームズさん。ちょうど、もうすぐ交代の時間や。あっ、ぜひ、チラシとクッキー、持って行ってください」

「ええ、ぜひ、いただきます。なくなったらどうしよう、とハラハラしてたんですよ」

ホームズさんは嬉しそうに、各種チラシと『げんぶくんクッキー』を手に取った。

「言ってくれたら、取り置きしておきましたよ」

「そや、ホームズさんは、『応仁の乱』のチラシ作りを手伝どうてくれたんやし」

頷く香織を見て、ホームズさんは苦笑した。

「春彦さんに、『「応仁の乱」を一言にまとめてもらえますか？』なんて言われた時はどうしようかと思いましたがね。あんなごちゃごちゃした戦を一言で説明なんて……」

ふぅ、と息をつくホームズさんに、船岡山でのやりとりを思い出して私と香織は、ぷっ、と笑った。

「でも、ちゃんと一言にしましたよね？」

「そうそう、これや」

私と香織は『応仁の乱』についてのチラシを持ってニッと笑う。

「これは、あくまで見出しですよ」

そう言ってホームズさんは肩をすくめた。

『応仁の乱を一言でいうと、こじらせすぎた後継者争⁉』

チラシの一番上に、大きな文字でそう書かれている。

ホームズさんが『ごちゃごちゃした』と話す、日本史上最大の内乱、京都においての『先の戦』と呼ばれる『応仁の乱』はなかなか複雑だ。

当時の将軍（八代将軍・足利義政《あしかがよしまさ》）が優柔不断にもかかわらず、他所様の家督争いに介入したり、有力大名（山名宗全《やまなそうぜん》と細川勝元《ほそかわかつもと》）が不仲なうえ、それに将軍の後継者争いが絡んでしまい、そのうちに天皇まで巻き込み——と、本当に一言では難しい。

西軍の総大将が山名宗全、東軍の総大将は細川勝元。

十一年も続き、京都の町を焼きに焼いた、『応仁の乱』。

最後は、総大将二人が死んだことで、和睦《わぼく》となって終わった。

ちなみにこの総大将の死は、戦死ではなく、二人揃って病死だ。

「やるせない戦ですよね……」

「そやで。血を流したのは、主に平民って話やし」

私たちがつぶやくと、ホームズさんが、そうですね、と頷いた。

「結果的に、将軍に力がなかったということですね」

力……、と洩らした私たちに、ホームズさんが人差し指を立てた。

「ちなみに、『力』とは『お金』のことですが」

私と香織は、「えっ、お金⁉」と目を丸くする。

「そうです。ざっくりですが結局のところ、当時の将軍には、有力な大名たちをまとめるほどの資金がなかったんです。また、お金の使い方も下手でした。そこへいくと豊臣秀吉は金を稼ぐ能力も使う能力もあった。なぜ、京の人間は不満を持ちつつも、秀吉を受け入れたかというと、先の戦で懲りたというのもあるのでしょう。お金という力なき権力は、もうごめんだったわけです」

ホームズさんの説明に、香織が呆然としている。

「ああ、すみません。これはあくまで僕の主観です。こんな乱暴なことはチラシには書いてませんよ。ご安心ください」

はあ、と香織は洩らした後、ぷっ、と笑う。

「乱暴やけど、面白かったし。ホームズさんがこないにユーモアて、少し意外や」

「えっ、そう、ホームズさんって、いつもこういう感じだよ」

「そうなん？」

その時、野外ステージの開演を案内する放送が流れた。

十一時から、北区在住のミュージシャンが演奏をしてくれるのだ。

五分前だと知らせている。

その放送は、テント当番の交代の時間の合図でもあった。

春彦さんが大きく手を振って駆け寄ってきた。

「葵さん、香織さん、お疲れ様。休憩に入っていいよ」

そう言った後、ホームズさんの姿を確認し、ぱっ、と顔を明るくさせた。

「ホームズさん、来てくれたんですね」

「もちろんですよ。盛況ですね」

「はい、関係者一同、喜んでます。この度はいろいろありがとうございました」

春彦さんは、深々と頭を下げる。

ホームズさんは、いえいえ、と首を振った。

「なかなかの無茶ぶりでしたが、僕も携われて楽しかったですよ」

「良かった。これからも頼らせてくださいね」

真っ直ぐな瞳でそう言う春彦さんを前に、ホームズさんは一瞬黙り込むも、ええ、と頷く。

「やはり春彦さんと秋人さんは、兄弟ですね」

小声で囁いたその言葉に私は小さく笑い、春彦さんは「え？」と小首を傾げた。

ホームズさんは、なんでもないです、と微笑んで話を続ける。

「春彦さんは、この『京もっと』だけではなく、最近いろんなことにとても精力的にチャレンジされているとか。素晴らしいですね」

春彦さんは、そんな、とはにかみ、きりっとした表情を見せた。

「こうしていろんなことにチャレンジするようになったきっかけは、付き合っていた彼女にフラれて、その辛さを紛らわそうと思ったことからなんです。だけど、その後、自分の秘密を知ってしまったのも大きくて……」

　私と香織は驚いて、思わず顔を見合わせた。

「……秘密とは？」

　ホームズさんが静かに問うと、春彦さんは空笑《そらわら》いを見せた。

「僕は失恋をきっかけに、『自分は何の価値もない人間なのかもしれない』なんて負の感情を抱いてしまったんです。それで少しでも人の役に立ちたくなって、初めて献血をしに行ったんですよ。そうしたら、自分の本当の血液型が判明しまして」

「本当の血液型？」

　私と香織は戸惑うも、ホームズさんは、ああ、と相槌をうつ。

「生まれてすぐに検査した場合、母親の血液と混じることで、判定を誤ってしまう場合もあるそうですね」

「はい。それまで自分はO型だと信じていたんですが、B型だったことが分かったんです」

　私たちは、へぇ、と洩らした。

　そういえば、秋人さんはO型だったはずだ。

「このことがきっかけで、僕は自分の秘密を知ってしまいました。母はO型で、亡くなった父はA型だったので……」

　その言葉に私は絶句し、香織は戸惑ったように目を泳がせる。

「え、それって……」

香織は、思わず、というように小声で洩らした。

春彦さんは、うん、と頷く。

「僕は、梶原家の人間じゃなかったんだ」

香織は大きく目を見開いた。

私とホームズさんは、香織とは別の驚きで、思わず顔を見合わせた。

「たぶん、僕は養子なんだと思うんだ。けど戸籍を調べてみたら養子とはなってなかったから、きっと両親は知人の訳ありの子どもである僕を引き取ってくれたんじゃないかな。父も母も情に厚すぎるところがあるから……」

そう話す春彦さんに、香織は「春彦さん……」と目を潤ませた。

「あっ、そんな顔しないで。僕は嬉しくも思ったんだ」

「嬉しいって？」

「だってさ、僕はこれまで自分が養子だなんて疑ったことがないくらい、家族みんなに愛されて育ったから。僕はとても恵まれた人間だと思ってる。だから少しでも世の中のためになることをしたいし、精一杯生きたい、とも思えて……」

「それ、ほんまに素敵やって思う」

前のめりになった香織に、ありがとう、と春彦さんは微笑む。

「…………」

私とホームズさんは、何も言えずに黙り込んでしまった。

2

「──参ったなぁ」

骨董品店『蔵』のカウンターで、秋人さんが頭を抱えている。

カウンターの中にいる私とホームズさんも、同じように困った表情をしていた。

「春彦、そんなこと言ってたのか……」

と、秋人さんは、うな垂れたまま言う。

春彦さんは『自分は梶原家の人間じゃない』と言っていた。

その言葉をホームズさんは、すぐに秋人さんにメッセージで伝えた。

そうしたところ秋人さんは、その日の夜に『蔵』に駆け付けたのだ。

「……まだ、伝えてなかったんですね」

ホームズさんは独り言のようにつぶやいて、秋人さんの頭を見下ろした。

「俺も兄貴も何度か話そうとは試みたんだよ。けど、やっぱ言いにくくてよ」

その気持ちはとても理解できた。

私は、初めて梶原兄弟に会った日——鞍馬《くらま》の山荘での出来事を振り返る。

亡くなった秋人さんたちの父親・梶原直孝《なおたか》先生は、有名な作家だった。反社会勢力を題材に書いた作品は、映画やドラマにもなっている。

作品のヒットは、本人に良いことばかりを招いたわけではない。作品のモデルとなった組の構成員の逆鱗に触れ、一度、命を狙われたことがあったのだ。

そんな梶原先生を救ったのが、当時、彼の運転手を務めていた倉科《くらしな》さん。

梶原先生を目掛けて、ナイフを持って飛び出した構成員の前に倉科さんが立ち塞《ふさ》がったのだ。

結果、倉科さんは、梶原先生の代わりに刺され、重傷を負った。

だが、このことがきっかけで、梶原先生は暴力団と和解。

作品を書き続ける許可を得られ、梶原先生は倉科さんにとても感謝したという話だ。

そんな事件から二十年経ち、梶原先生は他界した。

自分が亡き後、息子たちにと、三人それぞれに自分の想いを込めた掛け軸を遺した。

冬樹さんには、平清盛《たいらのきよもり》が描かれた絵。

秋人さんには、葛飾北斎《かつしかほくさい》の絵。

平清盛の絵には、清盛の勢いを持ちながらも、清盛のように驕《おご》り高ぶったりすることなく事業を経営するようにという想い。葛飾北斎の絵には、北斎のように、常に邁進して芸事を極めろ、というメッセージが込められているのでは、とホームズさんは伝えていた。

そして春彦さんに遺したのは、平忠盛と法師《ほうし》にまつわる、『忠盛灯籠《ただもりとうろう》』という逸話が描かれた絵だった。

なぜ、その絵を遺したのか。

あの時のホームズさんの見解が、思い出される。

『春彦さんへの絵は「忠盛灯籠」という物語です。

白河法皇《しらかわほうおう》が愛妾《あいしょう》・祇園女御《ぎおんのにょうご》に会うために祇園の町を通っていると、前方に鬼のようなものが見えて、法皇はお供の平忠盛に討ち取るよう命じたんです。しかし、忠盛はその正体を見定めようと、生け捕りにしたところ、それは祇園の老僧だったたんです。

自分の勘違いで老僧を殺めることなく済んだのです。この忠盛の思慮深い行動に、法皇は大層感謝しました。

ここからは、一説によるとなんですが、この出来事の褒美に法皇は自分がこよなく寵愛《ちょうあい》する祇園女御を忠盛に与え、そして、生まれたのが清盛だという話です』

梶原先生のために、身を挺してその命を守った倉科さん。

もし、倉科さんが人知れず、梶原三兄弟の母・綾子さんに憧れを抱いていたとして、そのことを知っていた梶原先生は、最大の感謝の証に、与えたのかもしれない。

倉科さんに綾子さんを……。

そうして生まれたのが、春彦さんだった。

梶原先生は、倉科さんの子と知りながら、自分の子として育てていた。


その可能性を知り、私の背筋が寒くなったことが思い出された。

このことは、春彦さんだけが知らないままだった。

秋人さんたちが、折を見て伝えると言っていたことまでは知っている。

もう打ち明けたのだろうか？　と気になっていたけれど、訊くこともできない。

うすうす感じてはいたけれど、まだ話していなかったというわけだ。

そうして春彦さんは、献血をきっかけに自分の秘密を知ってしまった——。

私が青褪《あおざ》めていると、秋人さんは、苦笑して話を続ける。

「そもそもよ、打ち明ける必要もねーかなと思ってたんだよ。春彦はO型だって話だし、問題もないかなって」

そう言う秋人さんに、ホームズさんは合点がいった様子を見せた。

「それで、冬樹さんと『黙っていよう』という結論に至ったんですね？」

「そういうことだな」

「ですが、亡くなった梶原先生は真実を伝えようとしていましたよね？」

「掛け軸を遺して、察しろって、遠回しすぎじゃね？」

「それは、おそらく、綾子さんには気付かせずに伝えたかったのでしょうね。皮肉にも、彼女が最初に気付いてしまったのですが」

即座にそう言うホームズさんに、秋人さんは頭を掻く。

「あんなの親たちの勝手な事情じゃん。春彦が傷付くことはないと思うんだ」

「そう仰る気持ちは分かります。ですが、あの時も伝えましたが、『先祖を蔑《ないがし》ろにすると必ず家が荒れる』という謂《いわ》れがあるんです」

そういえば、あの時、ホームズさんは秋人さんと冬樹さんに伝えていた。

春彦さんは梶原家にいながら倉科家の血を引く人間だと認識する必要がある、と話していたのだ。

秋人さんは、すっかり忘れていたようで、あー、と吐き出すように言う。

「それを言うならよ、親を知らない子たちはどうなるんだよ?」

問題のすり替えだが、秋人さんの疑問はもっともだ。

「もちろん、世の中には、どうやっても出生が不明な方がいます。そういう方は致し方ないでしょう。先祖を蔑ろにしているわけではないと思います。ですが、春彦さんのように知りえる環境にいながら『自分の先祖を間違えている』というのは、まさに先祖を蔑ろにしています……そういう観点で見ると、梶原先生を本当の父親と信じていた頃より、今の方が幾分かマシですね」

「そ、それじゃあ、このままにしてしまうとか」

「春彦さんは今、綾子さんも本当の母親だとは思っていないんですよ? それだって酷なことでしょう」

ぐっ、と秋人さんは言葉を詰まらせる。

「……だけどよ、大好きな母親が尊敬する父親じゃなく、その父親の腹心だった男と寝て、その結果できたのが自分だって分かる方が酷じゃねぇか?」

「そうかもしれませんが、真実を知るのは大切なことです」

ホームズさんの口調は穏やかだったが、内容は冷酷なものだ。

「秋人さん、あなたが全部背負う必要はありません。綾子さんや倉科さんに話すべきだと僕は思うんです」

秋人さんは、顔を歪ませて、弾かれるように立ち上がる。

「あー、もうっ、お前みたいな冷たい人間なんて知らねぇ、もう相談しねぇよ！」

吐き捨てるように言って、店を出て行ってしまった。

カランッ、とドアベルが乱暴に鳴る。

店内は静まり返っていた。

「ホームズさん、私……秋人さんの気持ちが分かります」

ぽつりと零すと、ホームズさんは息を吐き出すように言った。

「そうですね。僕にも分かってはいますよ」

「黙っているのはいけないことなんでしょうか？　だって、そもそもその真相が明らかになることで、家が荒れてしまいますよね？」

「僕自身、黙っていることと、嘘をつくのは別ものだと思っています。ですから、黙っているのは悪いことだとは思いません。ですが、今回の件は、そのうちに必ず嘘をつかなくてはならなくなるでしょう？」

「それは……そうかも、しれないですね」

「これだけはハッキリ言えるんです。嘘を重ねても、良いことは何も生まれません。歪みだけが大きくなるんです」

その言葉は、私の胸に突き刺さった。

「とはいえ、これは梶原家の問題なので、僕たちは見守ることくらいしかできないのですが……」

はい、と私は苦々しい気持ちで、頷いた。

3

『船岡山マルシェ』が好評に終わり、『京もっと』の活動はいったん落ち着いた。

ブースで配っていたチラシなどは、今後ちゃんとした冊子にしたり、『ゆるキャライラストコンテスト』をもっと大々的に呼び掛けていく。けれど、それらは春に向けて本格的に動く予定で、緊急ではない。

私は『京もっと』の活動を休ませてもらうことにした。

今は円生の展覧会に向けて、企画書の作成に取り掛かっている。

もうすぐ、『神戸切子』チームと打ち合わせがある。

その時までに、作っておかなければならない。

『蔵』のカウンターで作業していても良いとホームズさんが言ってくれたので、その言葉に甘えて、私は店長のように椅子に腰を下ろして作業をしていた。

店長と違うのは、私が前にしているのは原稿用紙ではなく、ノートパソコンだ。

企画書の書き方自体に不慣れなため、以前、慶子さんが作ったという企画書のデータを送ってもらい、それを参考しながら書いている。

自分が頭に思い浮かべているイメージを書面で伝えるのは、なかなか難しいものだ。

キーボードを叩いては、すぐに指が止まってしまう。

そして、ふとした時に、春彦さんのことを思い出してしまっていた。

小さく息をついていると、コーヒーの薫《かお》りが鼻腔《びこう》を掠めた。

顔を上げると、ホームズさんが淹れたばかりのコーヒーが入ったマグカップを私の前に置いてくれていた。

「お疲れ様です」

ホームズさんはそう言ってカウンターの向こうで、にこりと微笑む。

ほっ、と一息つける気がした。

「絶妙なタイミングでコーヒーを出してくれて感激です。ありがとうございます」

「いえいえ、大袈裟ですよ」

「そんなことないです。きっと店長も、ホームズさんのコーヒーに救われていると思いますよ」

私は、ふふっと笑って、マグカップを手にする。

これは先日、自分たちで作った『蔵』オリジナルのマグカップだ。

美しいターコイズブルーは、思った通り店内によく映えている。

この店内用マグカップを、私たちは『蔵マグ』と呼んでいた。蔵マグを使うのは、基本的に私たちスタッフ。後は、高価なカップに気後れしがちな来客に出している。

「企画書は進んでいますか？」

ぼちぼちです、と私は身を小さくさせた。

「手こずってますけど」

「慣れないことですしね」

「そうなんです。一息ついたら、春彦さんのことを思い出したりもしまして……」

躊躇《ためら》いながら洩らすと、ホームズさんは、ああ、と神妙な面持ちを見せる。

「その後、春彦さんに会いましたか?」

「はい、何度か校内で顔を合わせました」

「どんなご様子でしたか?」

「特に変わりはなかったです。でも、春彦さんの『梶原家の子じゃなかった』というカミングアウトをきっかけに、香織の心が大きく揺さぶられたみたいなんですよね。それで春彦さんの許に行くことが多くなったように感じます」

なるほど、とホームズさんは腕を組んで顎に手を当てる。

「それでは、二人は接近したり?」

私は、それが……、と苦笑して話を続けた。

「そうしたら香織は、今度は『自分の気持ちが恋なのか、同情なのか分からなくなってきた』なんて言い出し始めまして……」

「香織さんらしいですね」

「ホームズさんはどう思いますか?」

「可哀相だという同情はもちろんあるでしょうけれど、元々あった恋心も手伝って、香織さんの母性本能が強く働いているのかもしれないですね」

私は、ふむふむ、と相槌をうち、蔵マグに目を落とした。

「秋人さんたちは、春彦さんに本当のことを伝えないつもりなんでしょうか?」

どうでしょう? とホームズさんが静かに答える。

伝えない方が幸せなのかもしれない。

だけど、今、春彦さんは、自分の親が分からない状態なのだ。

「僕もアドバイスこそしましたが、決めるのは梶原家の人間ですしね」

「そうですね……」

怒って飛び出していった秋人さんの姿が頭を過る。

「きっと、秋人さんもしばらくここには来ないんでしょうね……」

そんな話をしていると、柱時計がボーン、と一回だけ鳴った。

午後一時だ。

ちょうどその時、カラン、とドアベルが鳴って、扉が開いた。

私は弾かれたように、椅子から下りて、「いらっしゃいませ」と声を掛ける。

「葵さん、そんな慌てずとも座って作業していていいですよ」

ホームズさんは小さく笑って、扉に顔を向けた。

そこにいたのは、春彦さんだった。

「突然、すみません」

春彦さんは、静かな声でそう告げる。

一目で何かがあったのが分かった。

彼はいつもとはまるで違う、神妙な面持ちで私たちに向かって頭を下げた。

ホームズさんは、あえてなのだろう、いつも通りの微笑みを返す。

「いらっしゃいませ。寒かったでしょう、どうぞ、お掛けください」

失礼します、と春彦さんはカウンターまで歩み寄り、椅子に腰を下ろした。

「コーヒーで良いですか？　カフェオレにもできますよ」

「あ、それじゃあ、カフェオレをお願いできますか」

かしこまりました、とホームズさんは、給湯室に入る。

春彦さんは、カウンターの端に座る私を見て、にこりと目を細めた。

「葵さんは、今日はここで勉強を？」

「あ、はい。そんな感じです」

他愛もない話をしていると、ホームズさんがトレイを手に給湯室から出てきた。

そのまま、どうぞ、とカフェオレが入った蔵マグを春彦さんの前に置く。

ありがとうございます、と、春彦さんはゆっくりカフェオレを口に運んだ。

一口飲んで、ふぅ、と息をつく。

少しの間があり、ホームズさんが優しく問うた。

「何かございましたか？」

こくり、と春彦さんは頷く。

「兄に……秋人兄さんに、言われたんです。僕には、特別な出生の秘密があると」

私たちは黙って、春彦さんの次の言葉を待つ。

「説明が難しいから、詳しいことは、ホームズさんに訊くようにって……」

その言葉に私は目を丸くした。

咄嗟にホームズさんの顔を見ると、彼の目も丸くなっている。

「あの、ホームズさん、僕の出生の秘密についてご存じなんですよね？　どうか教えてもらえませんか？」

身を乗り出した春彦さんを前に、ホームズさんは額に手を当てた。

……秋人さん。

『お前みたいな冷たい人間なんて知らねぇ』と飛び出しておきながら――。

ホームズさんに丸投げですか？　と私もうな垂れる。

「………」

ホームズさんは、しばし黙り込んでいたけれど、気を取り直したように顔を上げた。

「春彦さん」

はい、と春彦さんは、しっかりと視線を合わせた。

「僕が、あなたに初めて会った日のことを覚えていますか？」

そう問われて春彦さんは、拍子抜けしたように、ぱちりと目を瞬かせた。

「あ、はい。鞍馬の山荘に来てくださった時ですよね。父が遺してくれた掛け軸が燃やされてしまって、その真相を調べに……」

ええ、とホームズさんは頷く。

「あの真相がまさしく、あなたの出生の秘密だと僕は思っています」

「母が燃やしたという？」

春彦さんは、不可解そうに首を傾げる。

「そうです。お母様は、なぜ、あの掛け軸を燃やしたのか。あの時、『自分の名前が遺書になかったのが気に入らなかった』といったことを仰っていましたが、あの言葉、あなたは納得がいきましたか？」

春彦さんは戸惑ったように、目を泳がせて首を横に振る。

「いえ、母はそんな人ではないので……」

「あなたに遺した絵を覚えていますよね？」

はい、と春彦さんは小さな声で頷く。

「平忠盛の絵でした」

「なぜ、あの絵だったのか、春彦さんは不思議だったんですよね？」

「ええ、兄二人は、平清盛に北斎と、なんていうか、有名どころだったんで……」

「あれは、『忠盛灯籠』という逸話を絵にしたものです。それをわざわざあなたに遺したということは、その逸話をあなたに知ってもらいたかったのではないでしょうか？」

私は何も言えず、二人を見守っていた。

「……それじゃあ、そこに僕の出生の秘密があるということですか？」

突っ込んで問うた春彦さんに、ホームズさんはそっと目を伏せる。

「『忠盛灯籠』の逸話をご自分で調べて、そして答えを導き出してください」

静まり返る店内に、ごくり、と春彦さんの喉が鳴る音が響いた。

「分かりました」

一拍置いて、春彦さんは頷く。

「ちょうどこれから大学に行く用事があったので、図書館で調べてみようと思います」

彼は残ったカフェオレをすべて飲み干して、立ち上がった。

「ホームズさん、ありがとうございました」

春彦さんは、深々と頭を下げて、店を出て行った。

カラン、と再び、ドアベルの音が響く。

私は苦々しい気持ちで、窓に目を向ける。

足早に歩く春彦さんの姿は、瞬く間に見えなくなってしまった。

4

それから、約四時間。

春彦さんがどうなったのか気になりながらも、私とホームズさんの間に会話はほとんどなかった。

ホームズさんはバインダーを片手に在庫チェックに勤しみ、私は引き続き企画書を作成する。

こんな心理状態では、仕事は進まないかもしれない。

そんな懸念を抱いたけれど、意外とそうでもなかった。雑念を振り払って取り組もうと心に決めて没頭したため、いつもより集中できたのだ。

思えば、大学受験の時もそうだった。

ホームズさんに別れを告げられて、大きなショックを受けた私は、苦しさから逃避するように勉強に打ち込んだ。

もしかしたら、第一志望の大学に合格できたのは、あの出来事があったからこそだったのかもしれない。

一心不乱にキーボードを叩いていると、ノートパソコンの横に置いてあった私のスマホが、ブルルと振動した。

私は、弾かれたようにディスプレイから顔を離して、スマホに目を落とす。

宮下香織、と表示されている。

「香織からだ……」

電話なんて珍しい、と思いつつ、振り返ってホームズさんに「すみません」と会釈をしてから、「はい」と通話に応じる。

『あ、葵……大変や』

耳に届く香織の声が震えていた。

「どうしたの？」

『「京もっと」の冊子の打ち合わせで大学に来てたんやけど』

と、香織は前置きをする。

『なんや、今日の春彦さん、様子がおかしかったんや』

私の心臓が嫌な音を立てた。

何も言えないまま、香織の言葉を待つ。

『ほんで、たまたまなんやけど、春彦さんのノートを見てしもて』

えっ、と洩らした私に、香織は言い訳をするように早口で話す。

『打ち合わせが終わって、うちは一遍、みんなと一緒に帰ったんや。そやけど、教室に残るって言うてた春彦さんがなんや気になって、戻ることにしてん』

それで、と私は前のめりになる。

『教室に入ったら、春彦さんはノートを開いたまま、うつ伏せになってたんや。寝てはるんやろかて、ほんまについ』

覗き見してしまったことが後ろめたいのだろう、香織の語尾が小さくなっていた。

つい、見てしまった香織の気持ちは共感できる。

私はそれよりも、何が『大変』なのか気になって仕方がない。

春彦さんは、大学の図書館で『忠盛灯籠』について調べ、その逸話から、自身の出生について察したはずだ。

「そ、それで？」

『ノートに、大変なことが書かれててん』

なんて、と私は息を呑む。

『「兄たちが妬《ねた》ましくて仕方ない」とか、「もう死にたい」、「いや、殺そう」て書いてあったんや』

声を震わせながらそう言った香織に、

「……うそ」

私は目を見開き、口に手を当てた。

『うちが驚いて絶句してたら、春彦さんがうちの気配を感じたみたいでガバッて顔を上げはったんや。春彦さんは寝てたんやなくて、ただ突っ伏してただけみたいやった。ほんで、すぐにノートを閉じて、勢いよく教室を飛び出してしもて……』

そこまで言って、香織の声が大きくなる。

『どうしよう、春彦さん、なんでそないに荒れてしもたんやろか。誰を殺そうとしてるんやろ。葵からホームズさんに伝えて、春彦さんを止めてもらえたらて』

私は、うん、うん、と強く頷く。

「分かった。ホームズさんに伝える。とりあえず切るね。何かあったら教えて。私も分かったことがあったら、すぐ連絡するから」

うん、と香織が涙声で答える。

それじゃあ、と私は通話を切って、ホームズさんに香織の言葉を伝えた。

すべてを聞き終えたホームズさんは、分かりました、と頷き、すでにポケットから出していたスマホを操作する。

スピーカー設定にしたようで、ぷるる、と発信音が店内に響いた。

ややあって、

『お、おう』

と、ぎこちなく答える秋人さんの声がした。

「秋人さん……」

ホームズさんが何か言う前に、あーっ、と秋人さんは声を上げた。

『春彦、そっちに行ったんだろ？　ほんと悪かったよ。けど俺たちじゃあうまく説明できないって結論になったんだ。それでお前に丸投げしちまって……』

ホームズさんは、やれやれ、と息をつく。

「丸投げするにしても、事前に伝えてほしかったです」

『あんなふうに飛び出したからよ』

秋人さんのばつの悪そうな顔が目に浮かぶようだ。

「……お察しの通り、春彦さんは僕の許を訪れました」

と、ホームズさんは、简潔に一連の流れを秋人さんに話し始めた。

春彦さんの出生の秘密については、実のところ、ホームズさんにも真実が分かっているわけではない。

だから、父親が遺した掛け軸に真相を託している可能性があるから、それを調べるよう伝えた、とホームズさんはそこまで言って、険しい表情を見せる。

「それで今、葵さんの許に香織さんから電話が入りまして、春彦さんの様子がおかしかったと。彼のノートにこんなことが書かれていたそうです」

春彦さんのノートに『兄たちが妬ましくて仕方ない』『もう死にたい』『いや、殺そう』と書かれていたとホームズさんは低い声で告げた。

『――えっ？』

秋人さんの声色が変わった。

『それ、マジかよ？』

動揺に声が上ずって、震えている。

『春彦は、誰を殺そうってんだ？　母さんか、倉科さんか？　それとも俺たちか？』

「…………」

それについてはホームズさんは、何も答えなかった。

「ノートに書かれていることが本心でしたら、春彦さんは、とても動揺しています。なるべくあなたや冬樹さんが側に付き添っていてください。そして、このことを綾子さんや倉科さんにお伝えください。必要であればプロのカウンセリングを受けることをお勧めします」

『わ、分かった。ちょうど今大阪だから、すぐ家に帰るよ。兄貴と母さん、倉科さんに全部、伝える』

「何かございましたら、ご連絡ください」

『分かった』

と、秋人さんは、急ぐように電話を切った。

急に店内が静かになる。

「ついに、綾子さんや倉科さんに伝えてしまうことになりましたね……」

私は独り言のように洩らして、目を伏せる。

綾子さんも倉科さんも、子どもたちが春彦さんの出生の秘密を知ったとは思っていないのだ。

二人にとっては、寝耳に水のはずだ。かなりショックを受けるだろう。

そうですね、とホームズさんは神妙な面持ちを見せる。

「こんな流れになるということは、真実を知る時期が来たということなのかもしれませんね」

皆が隠そうとしたにもかかわらず、春彦さんは自らの行動によって、本当の血液型を知り、自分が両親の子どもではないという結論に行きついたのだ。

これは、真実を知ってほしいという、亡き育ての父親の想いなのかもしれない。

窓の外に目を向ける。

冬の夕暮れは短い。

もう薄暗くなってきていた。

ホームズさんは何も言わず、照明をつける。

パッ、と店内が柔らかな明かりに照らされるも、私の心は重く、暗いままだった。

それから、『蔵』の閉店までの数時間。

秋人さんから来たメッセージは三つだ。

『春彦、電源切ってるみたいで、連絡つかない』

『実家に着いた。今から母さんと倉科さんに伝える』

『ホームズも心配してくれてるみたいだし、春彦が帰ってきたら報告するよ』

それを最後に、連絡がない。

春彦さんは、まだ家に帰っていないのだろう。

柱時計が、音を立てた。

私は顔を上げて、時計に目を向ける。午後七時。もう閉店時間だった。

「葵さん、今日は先に帰っていいてください。僕はもう少し店にいます」

そう言ったホームズさんに、私は首を振る。

「私も、もう少しここにいます」

その時、香織からメッセージが届いた。

『春彦さん、その後、どうなったか分かる?』

香織は、春彦さんについての詳しい事情を知らない。

知っているのは、本当の血液型が判明した結果、梶原家の人間ではないと分かった、と言った春彦さんの言葉のみだ。

私が知っている春彦さんの事情を香織に伝えた方が良いのだろうか?

決して、愉快な話ではない。

春彦さんの立場ならば、できるだけ人に知られたくないだろう。

そう思うと少し躊躇われた。何より香織に『出生について、何か事情を知ってる？』と訊かれたわけではないのだ。

『家にはまだ帰っていないみたい。帰ってきたら、ホームズさんに連絡がくるはずだから、そうしたら香織にも伝えるね』

そう返事を送ると、

『おおきに、そうしてもらえると、うちも安心や』

と香織は返信してきた。

すべてを伝えなかった私は、後ろめたい気持ちになり、両手で頭を抱えた。

5

宮下香織は、寒空の下、懸命に自転車を漕《こ》いでいた。

『京もっと』の活動を通じて、梶原春彦と行動をともにすることが多くなった。

彼が好む場所、よく行く場所をなんとなくつかみつつある。

大学内だったら、活動の拠点である教室、食堂、図書館。

近隣ならば、植物園隣のカフェ、鞍馬口通のカフェ『さらさ西陣』、絵本が好きだからと新大宮通の『Mébaé』という絵本カフェにも好んで行っている。

むしゃくしゃした時は、ラーメンを食べたくなると言っていた。

ラーメンは、天下一品のこってり味が何より好きで、わざわざ北白川の本店まで自転車で行くと話していたのだ。

「……ここにはいない」

香織は自転車で春彦が好むカフェを見てまわり、その後に北白川のラーメン店まで来て、その姿がないことに落胆の息をついた。

スマホを確認するも、葵からのメッセージは来ていない。

春彦はまだ家に帰っていないようだ。

「ま、長い時間、ラーメン屋さんにいいひんか」

と、香織は再び自転車を漕ぐ。

だらだらと時間を潰すとしたら、どこだろう。

ファミレスかファストフード店だろうか。

北大路通と下鴨本通が交差するところにチキンが有名なファストフード店がある。通りを眺めながら食べるのが好きだと話していた。

白川通から、北大路通へと向かう。

下鴨本通《しもがもほんどおり》が見えてきたところで、自転車を停めて店内を覗いた。

そこにも春彦の姿はなかった。

「思えば、無謀な話やな。見付けられるわけないやん」

そう言って自嘲気味に笑い、また自転車を漕いだ。

こんなふうに探しても見付からないのに、あの時は偶然出会ったのだから不思議なものだ。

失恋し、一人泣いていた春彦の姿を思い出し、香織は苦笑する。

そこで、ぱちりと目を瞬かせた。

「そうや。もしかしたら、あそこかも……」

こんな冬空の下、まさか外にはいないだろう、という思い込みから除外してしまっていた。

彼はあそこは交際していた彼女との思い出の場所だと言っていたけれど、元々あの場所が好きなのかもしれない。

本当につらい時、ふと行ってしまうほどに。

香織は再び東に向かって自転車を漕ぎ、鴨川沿いまで来て、南へと向かう。

冷たい風が頬を容赦なく叩きつけたけれど、ずっと自転車で走っているせいか寒くはなかった。

あの時の河原まで来て、香織は自転車を下りた。

ベンチに、彼の後ろ姿があった。

足が震えているのは、ずっと自転車を漕いできたせいなのか、ようやく見付けられた安堵感からなのか分からない。

春彦はぼんやりと真っ黒い川を眺めていた。

自転車を停めようとするも力が入らず、倒してしまった。

その音を聞いて、彼は振り返った。

「——香織さん」

香織は倒れた自転車をそのままに、春彦の許に歩み寄る。

「ご、ごめんなさい、ノートを見てしもて」

何を言っていいのか分からないまま、最初に口をついて出たのがこの言葉だった。

春彦は弱ったような顔をしている。

「あの、うち、春彦さんの事情は分からへんけど、うちもずっとお姉が羨ましかったから、お兄さんが妬ましいって気持ちはすごく分かるんや。そやけど妬ましい分だけ誇らしくて、きっとそれは春彦さんも同じじゃて思う。春彦さんが秋人さんや一番上のお兄さんの話をする時、いつもめっちゃキラキラしてたから。そのたびに、うちは、春彦さんってすごいて思うてた。たとえ兄弟でもそんなふうに手放しで誰かを褒められるって、すごいて。……それと同時に、ほんまはどう考えてるんやろて思うこともあって」

香織はそこまで言って、くしゃっと自分の髪をつかむ。

「えっと、そやから、あのノート見た時、『分かる』とも思うたんや。人間やし、そんなふうに考えることかてあるやん。誰かて聖人君子じゃいられへん。長く生きてたら、頭の中でそんなふうに思うことかてあると思う」

そやけど、と香織は拳を握り締める。

「うちは明るくて優しくて天真爛漫《てんしんらんまん》な春彦さんが好きや。一緒にいて、なんや癒されて心が温かくなる、そんな春彦さんが大好きや。何があったか、うちには分からへん。死ぬとか殺すとか、思う分にはいくらでもええ。そやけど、絶対に実行しようなんて思わんといて。何があっても、うちは春彦さんの味方やし！」

喉の奥から絞り出すようにそう叫んだ香織に、春彦は大きく目を開いた。

静けさが襲う。

香織の息切れした呼吸、滔々《とうとう》と流れる川の音だけが聞こえていた。

少しの間があり、春彦はそっと口を開いた。

「……ありがとう、香織さん」

一拍置いて、春彦は頭を下げる。

「でも、ごめん」

えっ、と香織は体を硬くした。

「もしかして、もう殺めてしもたん？」

「う、ううん、そんなことじゃなく」

「ほんならうちの言葉に対してなの？　あれは告白とも少し違てて。あっ、でも気持ちは嘘やないし、告白かもしれへんけど……」

違うよ、と春彦は苦笑した。

「誤解なんだ」

香織は何も言わずに、次の言葉を待った。

「今日、僕は自分の出生の秘密について、なんとなく分かったんだ。それで大きなショックを受けて、心が揺さぶられたのはたしかだし、気持ちの整理をつけたくて、今ここにいるんだけど、『死ぬ』とか『殺す』とか書いていたのは、本当の気持ちじゃなくてね、その……」

「吐き出しただけなんや？」

そう問うた香織に、春彦は首を捻る。

「そうでもあるし、実はそういうわけでもなくて……」

煮え切らない様子の彼に、香織は眉根を寄せた。

「えっと、実は僕、小説家になりたいんだ……」

それは、思いもしない言葉で、香織の頭が一瞬、真っ白になった。

「小説家って、店長や春彦さんのお父さんみたいな？」

「どちらかというと、くりす先生みたいな……」

「ああ、相笠さん」

ライトな感じやな、と相槌をうち、香織はハッと目を見開いた。

「もしかして、それが理由で相笠さんに会うてたんや？」

そう、と春彦は、頭を掻く。

「くりす先生に会いたかった本当の理由は、彼女が書いた小説の中で僕らしき人物が『作家』として登場してると知ったからなんだ。僕は本当にビックリして……だって僕は自分が小説家志望だなんて、誰にも言ってなかったから。どうして彼女にそれが分かったんだろうって。それで会いたくなって」

「相笠さんは、なんで分かったん？」

「それがね、『なんとなく。まさかその通りだと思ってなかった』って、すごく曖昧な返事だったんだけど……」

「そうなんや。ほんなら、いつも持っているノートはもしかして……」

「うん、ネタ帳なんだ……だから、恥ずかしくて誰にも見られたくなかったんだ」

香織は大きく納得して、首を縦に振る。

香織さんに見られた走り書きはさ……、と春彦は口を開く。

「くりす先生に会った時、アドバイスをもらったんだよ。『生きていたら、誰だっていろんな思いをする。あなたもこの先、きっと反吐《へど》が出るような経験をすることもあるでしょう。でも、それらのすべては糧《かて》になる。作家にとって、すべては肥やしよ』って」

春彦はそこまで言って、自嘲気味な笑みを浮かべる。

「それで、まるでくりす先生の予言が当たったみたいに、ショックな出来事があって、あの時の彼女の言葉を思い出したんだ。せっかくなら糧にしようと思って。もし物語の主人公が自分の身に起こったような場面に直面した時、どんな感情を抱くんだろう、そこからどんな物語が広がるのかな、やっぱりミステリーなのかなって思いながら、『死ぬ』とか『殺す』って書いていて……それで、その、心配かけてごめんね」

すまなそうに頭を下げた春彦に、香織は首を振る。

「勝手に覗き見して、心配したうちの方が謝らな。ごめんなさい」

深く頭を下げた香織に、春彦も「いやいや、こちらこそ」と頭を下げる。

「心配して、捜してくれていたんだよね？　こんなに寒い中……」

「ううん、そんな……」

香織は、ぶんぶん、と首を振る。

「暖かいところに入って体が温まるものを食べようか。お詫びにご馳走するよ。何食べたい？」

春彦はそう言って立ち上がり、倒れている香織の自転車を起こした。

「えっと、ほんなら、天一のラーメンがええ」

「うん。天一のラーメンでいいの？」

「うん。そやけど本店まで行く元気はないから、近くの店で。めっちゃ、こってりしてるのを食べたい」

笑顔で言った香織に、春彦も「了解」と微笑む。

「それじゃあ、行こうか」

「あ、ちょっと待って、連絡せな」

香織はスマホを手に取り、

『春彦さん、見付かった。大丈夫やった』

と、葵に簡単なメッセージを送る。

するとすぐに『良かったぁ』と返信が届いた。

葵の涙目が見えたような気がして、香織は頬を緩ませた。

6

「……若かりし頃の私は、梶原先生のお世話になりながらも、身の程知らずも甚だしく、綾子さんに横恋慕をしていました」

鞍馬の山荘で、梶原先生の秘書、倉科さんは神妙な面持ちで、そう切り出した。

——これは後日、秋人さんに聞いた話だ。

春彦さんが、『死にたい』『殺す』などという走り書きをしていたのは、自分の経験をもとにした創作の一環であることが明らかとなった。

だが、彼が自分の出生の秘密を知ってしまったことに変わりはない。

倉科さんと綾子さんは、春彦さん、そして、冬樹さんと秋人さんにしっかり説明したいと申し出た。

鞍馬の山荘のリビングのソファーには、梶原綾子と倉科が並んで座っている。

その向かい側に春彦と冬樹。

秋人はカウンターの椅子に座って話を聞いていた。

「それって、倉科さんが、親父の代わりに刺される前の話？」

秋人が頬杖をつきながらそう問うと、倉科さんは、ええ、と頷く。

「あの事件の前の話です。とても言いにくいのですが、この話をするうえで避けては通れないことなのでお伝えします。当時、梶原先生には愛人が複数いました。それで、綾子さんはよく泣いていたんです。私は最初、純粋に彼女を可哀相に思っていました。そして、先生に感謝をしながらも、綾子さんを泣かせる先生に憤りを覚え始めたんです」

自分たちの父親に愛人がいたと聞いても、梶原兄弟は動揺しなかった。

父が若い頃、愛人を何人も囲っていたというのは、周知の事実だったのだ。

「ある日、愛人の一人が先生の留守中に梶原家にやって来て、『私が一番愛されているから、あなたは出て行って』と綾子さんに言い放ったんです。本来なら、本妻の綾子さんが塩でも撒《ま》いて追い返せば良いところですが、綾子さんは繊細な人です。泣きながら荷造りをして、家を出ようとしていました。自分は最初、それを止めようと思ったんですが、彼女の手を取って言ってしまったんです。『ずっとあなたが好きでした。子どもたちも連れて一緒にここを出て行きましょう』と……。弱っていた綾子さんは、自分の申し出に泣きながら頷いてくれまして、私たちは冬樹さん、秋人さんを連れて家を出たんです」

その言葉に、綾子は目を伏せたまま。

冬樹が前のめりになった。

「それ、覚えてます。富士山が見える倉科さんのご実家ですよよね？　倉科さんが旅行に連れて行ってくれたとばかり思ってました」

はい、と倉科は頷く。

「あなたたちにショックを与えたくなかったので、最初は旅行と偽って、静岡の私の実家を訪れました。実家の母にも、お世話になっている家の奥様とお子さんを気晴らしに連れてきたと伝えました。そして私の実家で過ごしていたんです。ですが、三日後に梶原先生が場所を突き止めまして、迎えにきたんですよ。てっきり傲慢な態度で奪い返しに来たに違いないと思っていたら、違いました。綾子さんを前に先生は土下座をしたんです」

その言葉に兄弟は揃って、「えっ」と驚いた。

あの父が土下座なんて信じられない、と互いに顔を見合わせる。

「先生は、『俺が悪かった。すべての愛人と手を切った。どうか子どもたちと戻ってきてほしい。この三日間のことは何も問わない』と言いましてね。綾子さんは、元々、先生を愛している人です。そんなことまでしてもらって、心が揺れないはずはなく、先生の許に戻ることを選びました。その後、ほとぼりが冷めた頃、私はケジメをつけようと、先生に会いに行くことにしたんです。これまでの礼を言い、無礼を詫びて、先生の許を離れようと思っていました。先生は私を外まで出迎えてくれました。その時です、ナイフを持った組員が先生に向かって飛び掛かってきたのは……。

私が先生の前に出てかばったのは、無礼を働いたお詫びもそうですが、もう死にたかったんですよ。目が覚めたら病院で、先生と綾子さん、冬樹さんに秋人さんが自分を取り囲んで泣いていました。先生は私の手を取って、『本当にありがとう。これからも自分と子どもたちの側にいてほしい』と言ってくれたんです。そうして、過去をすべて清算して、私は梶原家に仕えることを誓いました」

倉科は、大きく息を吐き出す。

「その後、綾子さんが第三子を身ごもりました。私は、『もしかして』と思いました。ですが先生が、『間違いなく私の子だ。梶原家の第三子だ』と……私はその言葉を信じたんです」

ですが、と倉科は続ける。

「先生は自分の子ではなく、私の子だと分かっていたんですね。それを知りながら、綾子さんが産むのを許し、自分の子として可愛がったのは、命を懸けた私への礼だったのかもしれません」

それで、あの掛け軸を遺した……。

皆は黙り込んだまま、何も言葉を発しなかった。

倉科の隣に座る綾子は、沈痛の面持ちを浮かべたままだ。

彼女自身、はっきりとは分からなかったのだろう。

身ごもったのが、たった三日間、ともに過ごした倉科の子なのか、はたまた夫の子なのか……。

複雑な大人の事情が絡み合いながらも、それでも強い決意と思いやりに満ちた中で、春彦は誕生し、今に至っている。

沈黙の中、最初に口を開いたのは、春彦当人だった。

「……ありがとう。分かってスッキリしたよ。急に倉科さんを『お父さん』とは呼べないかもだけど」

そう言って苦笑する春彦に、「もちろんです」と、倉科は強く頷いた。

＊

「――と、まぁ、こんな感じだったんだよ」

秋人さんは、骨董品店『蔵』の椅子に腰を掛けて、一連のことを私たちに話してくれた。店内に当の春彦さんの姿はなく、私とホームズさん、そして秋人さんの隣には、香織が座っている。

迷惑をかけた人たちにちゃんと伝えたい、という春彦さんの意を酌《く》んで、秋人さんが伝達役を買って出たそうだ。

「そういうことだったんですね……」

私は大きく首を縦に振る。

ようやく詳しい事情が分かり、合点がいった。

ホームズさんも同じ気持ちだったようで、頷いている。

秋人さんは、「あー」と腕を伸ばして、頭の後ろで手を組んだ。

「俺も真相が分かって、スッキリしたよ」

そう言った後、隣に座る香織を見た。

「香織ちゃんにも随分世話になったとか。ありがとな」

いえ、と香織は真っ赤にして、首を振る。

「勝手なことばかりしてしもて」

「いやいや、ありがとう。それに、聞いちゃったよ。なんか、春彦といい感じだとか。付き合うの？　うちの春彦と」

秋人さんは、にやにや笑って、香織の顔を覗く。

「や、そんな、まだ、そんなことは何も決まってなくて……うちも、ようやく気持ちがハッキリしたくらいで……」

香織は耳まで真っ赤になって、俯《うつむ》いた。

「気持ちがハッキリって？」

首を傾げる秋人さんに、私が答えた。

「香織は、春彦さんと一緒にいて、心地よすぎて、恋なのか、そうじゃないのか分からなかったみたいなんです」

それが、今回のことを経て、とても大切な人だと気付いたようだ。

だが、香織が言ったように、交際を始めたというわけではない。

するとホームズさんが、ふふっと笑う。

「僕は、香織さんがなぜ、春彦さんへの恋心に対して鈍かったのか分かる気がします」

その言葉に、香織は弾かれたように顔を上げた。

「えっ、なんでやて思います？」

自分にすら分かっていないことだからだろう、香織は仰天している。

「もしかしたらの話ですが、春彦さんと葵さんの雰囲気が少し似ているからではないかと。だから友情のように感じて、分からなくなっていたのではないですか？」

そう言ったホームズさんに、私と香織はぱちりと目を瞬かせた。

「私と春彦さんが……？」

ぽかんとしている私の向かい側で、香織が大きく目と口を開く。

「ほ、ほんまや！」

「えっ、香織？」

「春彦さんと葵はなんや似てるんや。そやから楽やし、心地いいしで分からへん状態やったんや！」

「まあ、そうは言っても、葵さんの方が千倍可愛いですが」

そう続けるホームズさんに、私はゴホッとむせる。

「お前、相変わらずだな」

呆れたように頬杖をつく秋人さんに、香織が噴き出した。

それは過去の秘密が明らかになり、新たな未来への扉が開いた明るい午後だった。

第四章　新たな謎

1

町家をリノベーションしたこの小松探偵事務所の一階は、和のテイストを残した洋室となっている。

だが、二階の部屋は和室のままだ。

八畳の和室が二部屋並んでいる。

最初は、そのうちの一室を間借りするという話だったのだが、

『どうせ、どっちも使ってないし、二部屋とも使っていいよ。ほら、アトリエとかあった方がいいだろ』

と、所長の小松が言ってくれたので、二部屋を広々と使わせてもらっていた。

「………」

円生は小さく息をついて、畳の上に大の字に転がった。

寺での生活が思った以上に自分に染みついているようで、和室は落ち着く。

万年床などにはせず、寝る時に布団を敷き、起きたらきちんと押し入れに片付けている。

ほんの少しの私物や洋服もすべて押し入れだ。

この部屋にあるのは座机《すわりづくえ》だけ。

もう一方の部屋には、絵の具等が入ったバッグと、キャンバスが載せられた木製のイーゼルが置かれていた。

真っ白なキャンバスを見るたびに、何かに責め立てられているような気持ちになり、思わず顔を背けてしまう。

天井の木目が目に入った。

幼い頃は、こうした木目が人の顔のようで、どうしても苦手だった。

壁に閉じ込められた罪人が、呻いているのを連想してしまうのだ。

そのことを父に伝えたら、『それなら、それを絵に描くといい。お前だけが感じる世界なんだから』と、真顔で返された。

父は、芸術のことしか頭にない男だった。

絵の世界に取り憑《つ》かれ、恐れ、やがて酒に逃げた。手が震えて筆が持てなくなったのだ。

自分は、そんな父の代わりに、父の絵そっくりに作品を仕上げた。

その時の父の顔が忘れられない。

衝撃、落胆、絶望、羨望、嫉妬——そして、最後に見せたのは、安堵。

もう自分は、絵を描かなくても良いんだ、と何かから逃れられたような表情だった。

「ほんま、怖いわ」

嫌だった。

自分は生活のために描いたのであって、絵の世界に生きるためではない。

父が死んだ後は、いつの間にか知り合った悪い仲間たちと画策して、自然の流れのように贋作づくりを始めていた。

円生は、天才と褒め称えられるようになった。

金も入り、美味いものを食べ、簡単に女も抱けた。

得意になって、贋作をつくり続けた。

「あれは、承認欲求《しょうにんよっきゅう》……て、やつやったな」

承認欲求は、人の本能でもあるという。

それは、勉強や仕事に懸命になる起爆剤のようなものだろうか。

人それぞれ、欲する承認の量があるだろう。

その量を器に譬《たと》えるなら、ダムのように大きな器を持って、承認を求め続ける人間もいれば、ワイングラス程度で満足できる者もいる。

自分の欲求は思ったよりも大きくはなかった。

譬えて言えば、風呂くらいだろうか。

自分の体がそこにしっかりと浸かることで、満足した。

もう、いいだろう、と思った。

贋作づくりも、酒も、女も、すべて、『もういい』と。

自分にとって唯一家族のように大切に思っているユキも大学を卒業し、就職した。

たしかユキは、建築関係のデザイン会社で働いているはずだ。

自分が絵を描いている側で、ユキもスケッチブックにあれこれと描いていたのを思い出す。

元気でやっているのだろうか――？

急にやりきれないような気持ちになってきて、それを誤魔化すように、むくりと起き上がる。

気が付くと、もう日が暮れていた。

一階では、今も小松が所長デスクに着いて、パソコンのキーボードを叩いているのだろう。

その姿を想像すると、奇妙な安堵感を覚える。

一人ではない、と思えるからなのだろうか？

自嘲気味に笑いながら、円生はそっと部屋を出て、階段を下りた。

2

日が暮れると、祇園の町は賑やかになってくるが、小松探偵事務所は静かなものだ。

小松がパソコンのキーボードを叩く音だけが響いている。

副業が一段落し、小松は帰り支度を終えた後、思い出したようにファイルを開いた。

画面には智花の婚約者で、イタリアンレストランのオーナー・佐田の姿。彼の対面には、敦子が座っている。

日付は、智花の誕生日の前日で、場所は祇園のレストラン。

これは清貴に頼まれて調べたものであり、既に調査結果は彼に報告している。

今の時代はSNSが普及している。そのおかげで、法に触れるギリギリのところを攻めずとも、こうした情報が手に入りやすくなった。

『せっかく食事に行ったのに、隣の席の人たちが険悪な雰囲気で気分台無し。たぶん、娘の恋人と会っている母親なんだろうな。「娘はあなたに似付かわしくないと思うの」って「別れろ」ということを遠回しに伝えてて、ちょっと怖かった』

これは、同じ店内にいた客のSNSの投稿だ。

「でもなぁ、器量の良い娘を店のスタッフにしたいってだけで、男と別れさせるような人には俺も思えないんだよなぁ……」

敦子の人となりは知っているつもりだ。

もし、本当に智花を店のスタッフにしたいのなら、陰に隠れてコソコソ画策するようなタイプではないだろう。

ふう、と息をついていると、

「なんの話や？」

円生が横に立っていて、小松は体をビクッとさせる。

「うおっ、ビックリした。いつの間にそこにいたんだ？」

「ちょっと前からやで。オッサンはほんまにぼんやりやな」

円生は少し呆れたように笑う。

小松はぶすっとして頬杖をついた。

「お前の気配がなさすぎるんだよ。それにオッサン、オッサンと。自分は『オッさん』みたいな風貌のくせに……」

先日、清貴からお坊さんを『オッさん』と呼ぶ話を聞いたばかりだったので、思わずそう返すと、円生は「はっ？」と振り返る。

「嬢ちゃんの友達が、お前を『オッさんみたいな人』って言ってたんだってよ」

「葵はんの友達……？」

「香織ちゃんだよ」

小松は香織と、葵の誕生日パーティで顔を合わせている。

円生はというと記憶を探るようにして、ああ、と相槌をうつ。

「見掛けたことあるわ。ボブカットやな」

円生はあしらうように言って、ちらりとディスプレイに視線を送った。

「あのオバハンのことを調べてるんや？」

「オバハンって、そんな悪く言わずに、ちゃんと敦子さんと言えよ」

「なんやねん。関西人にとって、オバハンって悪口とちゃうで」

「えっ、そうなのか？」

「せやで。他所《よそ》よりも、おばちゃん好きが多いし」

「まぁ、たしかに関西人は、若者とおばちゃんの距離は近いよな」

「俺かて親しみを込めて、オバハン言うてるし」

「それは、嘘だろ」

「それはそうと、その写真はなんやねん」

実はな……と小松は、円生に事情を話して聞かせた。

敦子が華道教室の生徒の浅井智花という女性を連れて、清貴がいる『蔵』へ出向き、智花の婚約者の浮気調査を依頼したことを伝えた。

「でも、あんちゃんは、智花さんに二人で話し合うよう促したらしい」

そこまで話した小松に、円生は、ふん、と鼻で嗤《わら》って、ディスプレイを指す。

「なるほど、ほんで、オバハンと一緒に写ってる男がその婚約者てわけや。こっそり会うてたてわけやな。なんのことはない、オバハンがその女を店のスタッフにしたくて、婚約者と別れさせようとしてたてことやな」

話が早いな、と小松は苦笑し、慌てて続ける。

「でも、そうとは決まってない」

「オッサンかて、そう思うてるんやろ？　その写真は、ホームズはんには見せたん？」

「ああ、もう報告してる」

「ホームズはんはなんて？」

「『可能性はありますが、智花さんを店のスタッフにするための画策ならやりすぎな気もしますね』って感じで話してたよ」

小松が両手を広げて清貴の真似をしながら話すと、円生はブッと噴き出した。

「似てへんわ」

「そう言うなよ。それより、円生はどう思う？」

「どうやろ？　あのオバハン、自分が欲しいものなら、どんな手を使うても手に入れるタイプやで」

「いや、それ、言いすぎだろ」

「えらいかばうやん。好みなん？」

円生に突っ込まれて、小松はグッと言葉を詰まらせる。

敦子のように、しっとりとした色香を持つ大人の女性は……。

「好みではある」

「狙ってるんや？」

「そんなわけないだろう。俺は既婚者だぞ」

そんなやりとりをしていると、インターホンが鳴った。

画面に顔を向けると、田所敦子の姿が映っている。

小松は目を剥《む》いて、思わずのけ反った。

「うおっ、敦子さんだ」

「ほんまや、噂をすれば影やな」

「ほんとだよ」

小松は戸惑いながら、「はい、今」と声を上げて、玄関へと向かう。

引き戸を開けると、薄紫の袷《あわせ》を纏った敦子が、にこりと微笑んでいた。

「こんばんは」

どうも、と小松は頭を下げ、彼女を事務所に招き入れた。

「どうぞ、座ってください」

小松がソファーを手で示すと、彼女は「おおきに」と腰を下ろした。

「おい、円生、お茶を」

小松がそう言いかけると、円生は露骨に眉根を寄せる。

『俺はもう、ここのスタッフやないんやけど』と、顔に書いてあった。

「あ、俺がやります、はい」

小松が給湯室に向かいかけると、敦子が手を伸ばした。

「こんな時間やし、すぐ、おいとましますし」

「あ、そうですか」

引《ひ》き攣《つ》った笑顔を浮かべて、小松は彼女の向かい側に腰を下ろした。

世間話でも始めようと小松が口を開きかけた時、背後に立っている円生が口を開いた。

「そうそう、祇園に新店を出すんやて？」

いきなり核心を突く円生に、小松はごほっとむせる。

だが敦子は、柔らかな微笑みを口許に浮かべたままだ。

「へえ、そうなんや。ほら、息子の博樹《ひろき》がしょうもない店をやってたやろ？」

「ああ、あの、ぼったくりの店やな」

間髪を容れずに答える円生に、小松は額に手を当てた。

そうなんや、と敦子は息をつく。

「あれから、あの子も心を入れ替えてくれて真面目に仕事をしようて気持ちになってくれたんやけど、やっぱりクラブをやりたいんやて。そやから今度は私がオーナーになって、しっかり取り仕切ったうえで、あの子にはマネージャーとして店を任せようて思うてるんや」

そんな彼女に、円生は鼻で嗤う。

「ええ歳した男が、いつまでもお母ちゃんの着物の裾《すそ》をつかんでいて大変やな」

「おい、円生っ」

あまりの言いように小松が窘《とが》めようとするも、ええんや、と敦子は手をかざす。

「ほんまのことやさかい。あの子は、私が背負ってしもた業《ごう》やね」

「業……？」

戸惑う小松を前に、敦子は気を取り直したように顔を上げる。

「ほんで、今日は、小松さんにお願いがあって来たんや」

「あ、はい」

凛とした視線を向けられ、小松は思わず背筋を伸ばす。

「清貴さんから、智花さんのこと、聞いたはるやろ？」

「あ、ええ。浮気調査をお願いしたんですよね？」

そうや、と敦子は膝の上で手を重ねた。

「もう、回りくどいことはやめるし」

えっ、と小松は訊き返す。

「私は、智花さんと佐田て男を結婚させたない。二人の仲を裂いてほしいんや」

ずばり告げた敦子に、小松は絶句し、円生は眉根を寄せた。


見習いキュレーターの健闘と迷いの森［前編］　完

番外編　相笠くりすの憂鬱

大阪梅田《おおさかうめだ》での打ち合わせを終えた作家・相笠《あいがさ》くりすは、阪急電車に乗って京都へと向かっていた。

『河原町』駅で電車を降りて、地上へ上がり、四条通を西へと歩く。

寺町通まで差し掛かったところで、北へと曲がった。

賑やかなアーケードは愉《たの》しげな雰囲気であり、いつもここを通ると胸がわくわくしてくるのだが、今日だけは違っている。その足取りは重かった。

くりすは、いつものようにゴシック&ロリータ・ファッションだ。色合いはモダンさを感じさせる臙脂《えんじ》色。肩には、華やかなドレスとは統一感がないシンプルで大きな本革のトートバッグが引っかかっている。その中に自身の新刊と茶封筒、ノートパソコンが入っていた。

もうすぐ迎える十二月一日に、著作『華麗《かれい》なる一族の悲劇』が刊行される。発売日の約一週間前に、著者の許に刷り上がった見本誌が届く。その冊数は、出版社によって違っているが、十冊というところが多い。

くりすはそうした見本誌を、取材に協力してくれた関係者に送るようにしている。

今回は、作品のキャラクターモデルになってくれた家頭清貴と梶原秋人に、見本誌を送った。

そうしたところ、すぐに家頭清貴からメールが届いたのだ。

丁寧な礼の言葉とともに添えられた一文に、背筋が凍った。

『早速、拝読しました。お時間のある時に、ぜひ、当店にお越しいただけますでしょうか？』

柔らかな文面だというのに、くりすが震え上がったのは、このメールに彼の怒りが籠《こも》っているせいなのか……。

それとも、自身の中にある後ろめたさのせいなのか――？

やがて見えてきた骨董品店『蔵』の前で、くりすは深呼吸をし、意を決して扉を開ける。

カラン、とドアベルが音を立てる。

カウンターの中にはいつものように、黒髪に白肌の美青年・家頭清貴がいた。白いシャツに黒いベスト、アームバンドといつものスタイルだ。

店内には、彼一人のようだ。

清貴は、くりすの方に顔を向けて、にこりと微笑んだ。

「相笠先生、お待ちしておりました」

くりすは、どうも、とぎこちなく会釈をして、カウンターに歩み寄ろうとする。

すると彼は、中央の応接用ソファーの上座に向かって、手を伸ばした。

「どうぞ、ソファーの方へ」

くりすは、ありがとう、と言われた通りソファーに腰を下ろす。

「コーヒーでよろしかったですか？」

「ええ。ああ、これ、お土産よ。葵さんと食べてちょうだい」

くりすは、大きなトートバックの中から、白地に水色の文字が入っている長方形の缶を取り出した。

「これは、エシレの焼き菓子ですね。ありがとうございます。ぜひ、葵さんといただきます」

フランス産発酵バター『エシレ』専門店『エシレ・マルシェ・オ・ブール』の焼き菓子詰め合わせだ。この土産品のチョイスと、『葵さんと食べて』の一語を添えたのは成功だったようで、清貴は嬉しそうに受け取り、給湯室へと入っていく。

良かった。とりあえず、機嫌は取れた。

くりすはソファーに腰を下ろして、安堵の息をつく。

やがて、給湯室から、コーヒーの芳醇《ほうじゅん》な香りが漂ってきた。

店内を見回すと、美しい骨董品が所狭しと並んでいる。

すべては年代ものだろうけれど、古臭さは感じない。こんなにもたくさんの品があるというのに、埃《ほこり》っぽさが感じられないのだ。

まるで、ここは時が止まっているようだ。

くりすがしみじみと思っていると、柱時計がコチコチと針を進める音が耳に届く。

しっかり、時間は進んでいた。

頬を緩ませて、ふと、テーブルに目を落とすと、端に本が置いてあった。

黒い革張りのブックカバーを掛けていたので、タイトルは分からないが、おそらく『華麗なる一族の悲劇』だろう。

「…………」

くりすはひやりとして、胸に手を当てて、呼吸を整える。

まるで戦いの前のような緊張感だった。

「お待たせしました」

ややあって、清貴はトレイを手に姿を現した。

「どうぞ、シュトーレンです」

と、清貴はコーヒーとともに、シュトーレンをテーブルの上に置いた。

「嬉しいわ、シュトーレン。もうクリスマスの時季だものね」

いただきます、と口にして、くりすはぱちりと目を見開く。

「あら、すごく美味しい」

清貴は、でしょう、と嬉しそうに微笑む。

「そのシュトーレンは、岡崎の――京都動物園近くのカフェが、数量限定で予約販売しているものなんです。とても美味しいので、毎年買っているんですよ」

『シュトーレン』とはクリスマス時季に食べられるドイツの菓子パンだ。

ちなみに日本では『シュトーレン』と呼ばれることが多いけれど、本場ドイツでは『シュトレン』と呼ぶそうだ。

「シュトーレンは、甘すぎるのもあって苦手なんだけど、これは本当に美味しいわ。私も予約して買いに行こうかしら」

ぜひ、と頷く清貴を見ながら、くりすはコーヒーを口に運ぶ。

皿もコーヒー用のカップ&ソーサーも、『ノリタケ』というブランドだった。

カップには薔薇が描かれていて、普通のティーカップよりも背が高く、水瓶《みずがめ》のような形をしていた。

「あら、店用に作ったマグカップじゃないの？」

店のサイトに、店内用マグカップを作ったという知らせが出ていたのだ。

それは、ターコイズブルーのシンプルなマグカップだった。

「見てくださったんですね、ありがとうございます。あれは主にスタッフ用なのと、なんとなく今日の相笠先生は、このカップを好みそうな気がしまして」

「そう、ありがとう。実際、『ノリタケ』の食器は大好きだから嬉しいわ。この形のカップは初めて見たし」

「『色絵《いろえ》金彩《きんさい》薔薇《ばら》文《もん》』ですよ」

清貴はそう話しながら、くりすの向かい側に腰を下ろした。

彼はテーブルの端に置いてある本のカバーを外して、表紙をくりすに見せた。

それは予想通り、『華麗なる一族の悲劇』――くりすが献本したものだ。

「あらためて、御本をありがとうございました」

「こちらこそ、本当にありがとう。あなたがモデルになってくれたから書けた作品よ」

いえいえ、と清貴は首を振る。

「僕は特に何もしていないので。メールでもお伝えしましたが、すぐに拝読したんです。

あの時、ここで読ませていただいた原稿が、さらにブラッシュアップされていて、大変興味深く、楽しかったです」

くりすは、どうも、と頭を下げて、コーヒーを口にする。

ですが、と清貴はページをパラパラとめくった。

「少し、おかしいんですよね」

なおもパラパラと本をめくっている。

「えっと、何がおかしかったかしら？」

清貴が何を言いたいのか察しながらも、くりすはしらばっくれて問うた。

「僕は、『作品に葵さんを登場させてください』とリクエストしたんですが、どこにも出ていない」

パラパラと本をめくる手を止めて、清貴はくりすを見据《みす》えた。

ひえっ、とくりすは呻きそうになり、それをこらえる。

額に滲《にじ》む冷たい汗を感じながら、そっとカップを置く。

登場させることは考えた。だが、くりすの感情として、登場させたくなかったのだ。

真城葵は、彼の最愛の人だ。彼女を前にすると、この温厚博識、眉目秀麗《びもくしゅうれい》、冷静沈着な彼が、一気に崩れてしまう。作中の家頭清貴は、探偵役。物語の中の探偵は、孤高でクールでスマートであってほしい。

そんな思いから、『葵は登場させない』と決めたのだ。

「……それがその、担当の編集者とも話し合ったんだけど、やっぱりあの話に恋愛要素はない方がいいと判断したのよね」

「恋愛要素がなくても、登場させられたと思うんですが」

清貴は即座に返す。

そうなのだ。恋愛要素をなくして登場させることもできた。

実際、くりすも書いてみたのだ。

そうすると、なんの引力なのか、どうしても恋愛の方面に傾いてしまう。そのため、やはりやめようという結論に至った。

「一応、努力はしたんだけど全体のバランスが悪くなってしまったのよ。リクエストしてくれたのに、ごめんなさい」

くりすは正直に告げて、深く頭を下げる。

すると清貴は、そうですか、と息をついた。

きっと、チクチク嫌味を言われるのだろう、とくりすは覚悟をするも、清貴はそれ以上は何も言わなかった。

くりすは戸惑いながら、顔を上げて清貴を見た。

「怒っているのかしら？」

「いえ、怒るなんて、そんな。残念なだけで……」

「あなたが葵さんを好きなのは分かっているけれど、作品に登場していないというだけでしょう？　そんなに残念なことかしら？」

　思わずそう問うと、彼は苦笑した。

「僕は、葵さんの婚約者であると同時に、彼女のファンでもあるんですよ」

「つまり、葵さんはあなたにとって、いわゆる『推《お》し』なのね？」

「そうです」

「そっか、『推し』が出なかったら、それは残念よね」

　くりすはようやく清貴の心情を理解して、うんうん、と頷く。

「そうなんです。どこに葵さんが出るのだろうか、とドキドキしながら読んでしまいました。最後の一行まで出てこなかったので、もしかしたらこれは『行間を読め』という、著者が僕に仕掛けた挑戦なのかと……」

「いきなり、嫌味ぶっこまないでよ。やっぱり京男子ね」

「失礼しました」

　清貴は、そう言って微笑む。

清貴は口角を上げてはいるが、元気はない。

本当にがっかりしたのだろう。

こうもシュンとされては申し訳なさが募る。

「あの、もし良かったらなんだけど……」

これは、どうしようもなくなった時に出そうと思っていた切り札だ。

できれば出したくなかったものであったが、くりすはおずおずとバッグに手を入れる。

「なんでしょう？」

「実は葵さんを出そうと書いて、ボツにした原稿を持ってきたのよ。ほら、あの時、清貴さん、葵さんを『許嫁役《いいなずけ》に』って言ってたでしょう？　その設定で……」

くりすはそう言って、茶封筒を出した。

清貴は、大きく目を見開いている。

何も言おうとしない彼に、くりすは慌ててそれをバッグに戻そうとする。

「あ、不快よね、ボツ原稿なんて」

だが、清貴は「いえ！」と声を張り上げた。

「ぜひ、読ませていただきたいです」

今までにないほどに真面目な顔で言う清貴に、くりすは頬を引きつらせる。

「それじゃあ、これはもうあなたに差し上げるから、不快だったら、破棄してね」

くりすは両手で茶封筒を差し出した。

「破棄だなんてそんな、葵さんが僕の許嫁の話なんですよね？　家宝にしますよ」

「いや、ほんと、勘弁して」

くりすは即座に立ち上がろうとする。

「もう帰られてしまうんですか？」

「怒られそうで怖くて……」

「葵さんが僕の許嫁として出るのに怒るなんて……。ぜひ、感想もお伝えしたいですし、お時間が許されるのでしたら、ゆっくりしていってください」

「…………」

作家にとって、感想は印税と等しく嬉しいものだ。

それがボツ原稿であっても、意見は訊きたい。

くりすは上げかけていた腰を下ろして、コーヒーを口に運ぶ。

清貴は、茶封筒から原稿の紙の束を出して、トントンと整える。

くりすは居たたまれなさを感じながらも、そっと口を開いて説明を始めた。

「家頭清貴は……作中の話なので、呼び捨てで失礼するわね」

構いません、と清貴は答える。

「家頭清貴は豪商の息子だったでしょう？　許嫁の真城葵は、没落した元華族の娘なのよ。それでお家を建て直すのに真城家は家頭家の財産が必要で、一方の家頭家は元華族である真城の家名が欲しいと思っているのよね。私はそんな二人の初対面……お見合いのシーンを書いて、ボツにしたのよ」

「それは、興味深いですね」

と、清貴は原稿に目を落とした。

＊＊＊

——見合い当日。

家頭家を訪れた真城葵のファッションは帽子にブラウス、ロングのフレアスカートとセンスの良い、モダンガールの装いだった。

てっきり上品な振袖《ふりそで》か訪問着という、こういう場ではいわゆるハズレではない格好で訪れると思っていた清貴は、彼女が前衛的なスタイルで自分の前に現れたのが少し意外であり、驚いた。

保守的なお嬢様に違いないと予想していたからだ。

時代の先駆けのようなファッションを見事に着こなしている彼女の姿は、好感が持てた。

『ここからは若い者たちだけで』

『そや、清貴、葵さんに庭を案内して差し上げなさい』

などと見合いの席では定番の親たちの計らいより、清貴と葵は、早々に二人きりにさせられた。

「では、葵さん」

清貴はその流れに乗って、葵を庭へ誘う。

四季折々の花が咲き誇る家頭家自慢の庭を歩きながら、葵はその景色を楽しむわけではなく、俯きっぱなしだった。

彼女の体からは緊張感が漂っている。

どうやら何か言いたげだ、と清貴は歩みを止めて振り返った。

「関東から来られたばかりですから、お疲れでしょう？　どこかに座りますか？」

優しく問うも、葵の顔は強張ったまま。

彼女は目を伏せた状態で、そっと口を開いた。

「……あの、お願いがあるんです」

やはり、言いたいことがあったようだ。

ここで結婚に対する条件を突き付けてくるに違いない。

葵は顔を上げて、しっかりと視線を合わせる。

「清貴さん、あなたの方から、この縁談を断ってほしいんです」

それは、思いもしない申し出だった。

清貴は一瞬驚いて目を瞬かせるも、すぐに余裕の笑みを浮かべる。

「それはどうしてでしょう？　僕に会って嫌になってしまわれましたか？」

すると葵は、ふるふる、と首を振った。

「それとも真城家のお嬢様は、やはり商人の家には嫁ぎたくないのでしょうか？」

そう続けると、葵は先ほどよりも強く首を横に振った。

「まさか、そんなことは……」

葵はひとつ息をついて、目を瞑った。

「家頭家の皆さんは、気付いていないでしょう。我が真城家の負債――うちの借金はあなた方が思うよりも多額なんです」

「…………」

清貴は何も言わなかった。

「両親はこのことをひた隠しにしています。なんとか家頭家との縁を結ぼうと必死なんです。もし、結婚後に露見してしまい、離縁されることになっても、結納金をもらえたならそれで御の字だ、などと言っているんです。こんなのは詐欺です。どうか、このことを最初から知っていたという体で、あなたの方から断ってください……」

静かに、それでも強い口調で告げる葵に、清貴は眉根を寄せる。

彼女は『両親』と言っているが、本当の親ではない。

彼女の実の親は事故で既に亡くなっていて、今は叔父夫婦の養女となっていた。

「本当にそれで良いのですか？　もしうちが縁談を断ったのなら、真城家に多額の借金があることが世間に知られるでしょう。本当に、お家が終わってしまいますよ」

「そうでしょうね」

「借金のカタに、遊郭《ゆうかく》に売られてしまう可能性だってありますよ？」

世間知らずのお嬢様に状況を分からせてやろう、という気持ちもあった。

だが、実際に没落した良家の娘は、遊郭で破格の値段がつくため、珍しい話ではない。

まして、彼女の養父は守銭奴だ。可能性は、十分にあった。

彼女は、きゅっ、と唇を結んだ。

「覚悟の上です」

葵は顔を上げて、まっすぐに視線を合わせる。

「どんなことになろうとも、それはすべて真城家の責任、自らが撒いてきた種です。私は、真城家の長女として、これ以上、人様にご迷惑をおかけしたくはありません。まして、騙《だま》すようにして結婚なんて――この身が汚れたとしても、魂までは穢したくないんです」

控えめながらも、迷いのない瞳。

すべては覚悟の上だという、彼女の決意に揺らぎがないのを感じさせる。

清貴は、ごくりと喉を鳴らした後、小さく笑った。

突然肩を震わせる清貴に、葵は一体どうしたのだろう？　と困惑の表情を浮かべる。

「……失礼しました。僕は知っているんですよ。あなたのご両親は、ひた隠しにしているつもりかもしれませんが、真城家の負債についてはすべて調べはついているんです。もちろん、金額が大きいことも」

えっ、と葵は訊き返す。

「祖父はなんとしても元華族と縁を結びたいと思っています。真城の家名は、その借金を肩代わりしても惜しくないと考えていたんですよ」

にこりと微笑んで言う清貴に、葵はそっと眉根を寄せる。

「清貴さんは、有能な方だと伺っております。あなたはそれで良いのですか？」

「僕は、別に……祖父には恩がありますし」

自分は、おそらく誰かを愛したりはできない男だろうから、祖父が喜ぶ相手と結婚できればそれで良いと思っていたのだ。

でも、と清貴は葵を見る。

自分を見つめる眼差しに、眩しさを感じた。

――今、はじめて、僕は他の誰かを知りたいと思った。

どうしてこんなに強くいられるのだろう？

もしかしたら、彼女には他に想う男性がいるのかもしれない。

だとすれば、こんなに強く縁談を断ろうとする彼女の言動にも納得がいった。

彼女の心は他の男にある。

そう思うと手放すのが惜しくなり、清貴は、しっかりと視線を合わせた。

「……葵さん。遊郭に身売りするくらいなら、僕にその身を売っていただけませんか？」

葵は戸惑った様子で、大きく目を見開く。

「こちらはすべての事情を知ってるのですから、騙すことにはなりません。先ほど、あなたは僕に『それで良いのですか？』と聞きましたね？　正直な僕の気持ちを言いますと、真城家と縁を結ぶために、あの金額の借金を肩代わりするのは、高すぎると思っていました。ですが、あなたに会って気持ちは変わりました。あなたには、真城家の名前以上に価値がある」

思いもしない申し出だったのだろう、葵の瞳が揺れていた。

「それは、つまり……あなた専属の遊女になれと？」

「ええ、そういうことです」

どうして、こういう言い方をしてしまうのか。彼女の強さは、誰かを想っているが故のことだと思うと、ついムキになってしまった。

同時に、誰にも渡したくないとも思ったのだ。

「真城家が破綻してしまえば、その被害はあなたの家の問題だけではなくなります。真城家と関わり持つ多くの者たちが路頭に迷うことになる。この縁談を進めるだけで、すべてが上手くいくんです。悪い話ではないでしょう？　それともあなたは、不幸な人間を増やしたいですか？」

こう言えば、彼女が逃れられなくなるのを知っていて、そんなふうに告げる。

自分は本当に悪魔のようだ。

清貴は自嘲的に笑いながら、さあ、と手を差し出した。

「………」

葵は意を決したように、無言で頷いて、その手を取る。

清貴は、彼女の手を引き、抱き寄せた。

「仮契約を交わしましょう。今宵《こよい》、僕はあなたを抱きます」

清貴は、葵の耳元でそう囁く。

腕の中の彼女が、びくんと震えた。

――これが、歪《ゆが》んだ恋愛の始まりだった。

＊＊＊

「――と、まぁ、こんな感じかしら」

くりすは、清貴が読み終えたのを確認するなりそう告げる。

清貴は大きくうな垂れたまま、ぽつりと零《こぼ》した。

「……あかん」

「えっ？」

「こないな言い方で葵さんを手に入れたりしたら、嫌われてしまうではないですか！」

そうよ、とくりすは頷く。

「清貴は葵には想い人がいると思い込むんだけど、実は葵は、婚約者である清貴のことを調べていくうちに清貴に恋をしてしまっていたのよね。だからこそ騙すようなことをしたくなくて、婚約を破棄してほしいって申し出たのよ。まぁ、すれ違い両片想いね」

ああっ、と清貴は頭を抱える。

「ますます、あかんやつや。で、僕はこの夜、彼女と同衾《どうきん》するのでしょうか？」

「……同衾って。もし、あなたなら、どうするのかしら？」

くりすは試すように、清貴を見た。

清貴は腕を組んで、考え込むように顔をしかめる。

「僕なら……この夜には、そんなことはできない気がします」

くりすは、やっぱり、と満足気に相槌をうった。

「そうなのよ。葵は決意を胸に寝室までやって来るの。コトに及ぼうとする清貴」

清貴は、それで、と前のめりになる。

「だけど怯えている葵を前に、何もできないのよ。部屋に帰るように言うの。葵は、自分は専属の遊女としても価値がない、と思ってしまう。そんな葵に近付く、幼馴染の男！」

清貴は、第二の男！　口に手を当てた。

「その展開……ほんまにあかんやつです。ますます続きが気になります！」

くりすは、でもね、と苦笑する。

「こんな展開をやっていたら、ミステリーどころじゃなくなるでしょう？　私はミステリーを書きたいの。だからボツにしたのよ」

いいえ、と清貴は強い眼差しを向けた。

「僕としてはこっちの方がずっと良いと思います。もうミステリーは後回しにして、こっちを書いていただけませんか？」

「な、なんてことを言うのよ！」

目を剥いたくりすに、清貴は、すみません、と手をかざす。

「出過ぎたことを失礼しました」

「本当よ」

くりすは鼻息荒く、脚と腕を組んだ。

「出過ぎてしまったついでと言ってはなんですが、こうしたら、どうでしょう」

「ついでって……なによ？」

「その忌々《いまいま》しい第二の男、葵さんの幼馴染みが何者かに殺害されてしまうんです」

はい？　とくりすは声を裏返した。

「『一体、その男を殺した犯人は誰なのか⁉』と、これでミステリーになりますよね？　恋愛とミステリーが絶妙に交差する——、『ラブ・ミステリー』です」

清貴は原稿を手に、目を光らせてそう言う。

「何よ、そのとんでもないドヤ顔は……大体その幼馴染みの男を殺したのは、間違いなく家頭清貴じゃない。『探偵役が犯人でした』っていう禁じ手じゃない」

いえいえ、と清貴は首を横に振る。

「侮《あなど》らないでください。たとえフィクションの中でも、僕は自分が直接手を下すような真似はしませんよ」

「って、もはや、黒幕じゃない。犯人が捕まった後、最後の一行でにやっと笑って、読者をヒヤッとさせるやつじゃない」

「そんな腹黒いのは嫌です」

「あなたがそれを言う？」

「ラストは、すっかり恋仲になった葵さんと手をつないで、美しい庭を歩くシーンで終わってほしいです。本音をいうと、ベッドの中で朝を迎えたシーンがいいです」

やめてよ、とくりすは肩を下げる。

「だから、私はそういういちゃラブものじゃなくて、バディミステリーを書きたいの」

「バディものって、僕と秋人さんのですよね？」

「そうよ、イケメン二人、最高じゃない」

清貴は頬杖をついて、はぁ、と息を吐き出す。

「そんなの、僕はこれっぽっちも惹《ひ》かれませんよ。若い男どもに興味はありません」

「あなたは惹かれなくても、世の女子は惹かれてくれるわよ」

「そうでしょうか？　昭和初期を舞台にした、許嫁とのすれ違い恋愛とミステリーの方が、絶対面白いですよ」

「盛り込みすぎでしょう、そんなの」

「いろんな要素があった方が楽しいと思いますよ。たとえば、『ファンタジーとサスペンス』、『ホラーとミステリー』といった具合に、ジャンルは一種類じゃない方が面白さが掛け算されますよね？」

手を広げて話す清貴の姿を前に、くりすは小さく舌打ちした。

「ったく、口が減らないわね。なかなか的を射ているのが微妙にムカつくわ……」

清貴は、そんなくりすの囁《ささや》きが聞こえないかのように、原稿の紙をめくりながら、それにしても、と洩らす。

「作中の僕が、葵さんに対してひどい言動を取っているのが、どうしても嫌なので、なんとかしてほしいです」

「なんとかって?」

「たとえば、僕が風呂場で足を滑らせて頭を打った瞬間に、葵さんへの恋心を自覚して、優しくなるとか」

「さっきは随分と的を射た提案をしてきたと思えば、急に雑な展開ね……なによその、『風呂場で足を滑らせて頭を打った瞬間』って」

「僕は企画等に関する提案はできても、物語を創る能力というのがまるでないんですよね」

「あら、家頭清貴の意外な弱点ね」

くりすはすぐに手帳を開いて、メモを取る。

「もしかして、次作のネタに?」

「まぁ……使わせてもらうかもしれないわね」

「創作ができない僕に対して、許嫁の葵さんが慰めるという展開でしょうか?」

「だから、許嫁云々の展開はボツなのよ。葵さんは登場しないわ。もう、やっぱり、この原稿は返してもらうわね」

くりすが手を伸ばすと、清貴は手にしている原稿を胸に抱く。

「嫌です。もう、いただいたものですから。これは僕のものです」

「そんな子どもみたいなことを言わないで」

そんな問答をしていると、カランとドアベルが響いて、葵が店内に入ってきた。

「おはようございます。わあ、相笠先生、こんにちは」

その時、清貴は立ち上がった状態で手にしている原稿を高く掲げていて、くりすはそれを取ろうと、つま先立ちをして腕を伸ばしていた。

「……って、何をやっているんですか？」

そんな二人の姿を目の当たりにして、葵はぽかんと立ち尽くす。

「葵さん、ちょうど良かった。清貴さんの体をくすぐってもらえるかしら！」

えっ？　と葵はうろたえ、清貴は目を剥いた。

「葵さんに僕の体をくすぐらせて奪おうとするなんて……、あなたは、手段を選ばなすぎではないでしょうか⁉」

「だからそれをあなたが言う？」

さらに骨董品店『蔵』に賑やかな声が響く。

それは、前途多難を感じずにはいられない、作家・相笠くりすの憂鬱な午後だった。

Ｆｉｎ

あとがき

ご愛読ありがとうございます。望月麻衣です。

まず最初に、前後編になってしまったことを謝らなくてはなりません。

今作は、円生の展覧会を主軸に、見習いキュレーターとして、そして、学生として奮闘する葵と共に成長していく皆の姿を描《えが》けたら、と執筆をしていたところ、思いのほかボリュームが出てしまいました。

なんとか既定のページ数におさめようとすると、どうしても物語の後半が駆け足になってしまう。それはやはり好ましくはありません。

迷いに迷った結果、二冊にすることを決めました。後編はなるべく早くにお届けできたらと思っております。

今巻は冒頭に伝えたテーマだけは決まっていたものの、どう物語を始めていくかの突破口が開けず、なかなか筆を取れずにいました。

そんな折、京都市北区役所さんから、あるご依頼をいただいたのです。

「私たち北区役所は、『船岡山エリア』を全国に知ってもらいたいと尽力しております。

ぜひ、望月さんのアイデアをいただけたらと思いまして」というものでした。

ハッとなりました。これをそのまま、お話にできたら、と思ったんです。

葵たち学生の許に、北区役所が『船岡山エリアを広めたい』と依頼をする。

そんな展開が頭に浮かび、一気に物語の扉が開きました。

依頼を受けながら、逆に私の方が、「ぜひ、京都ホームズに使わせてもらえたら」と申し出て、今回のお話となりました。葵や香織たち学生が界隈を盛り上げようと奮闘する様子、京都とほかの地方の違い、京都あるあるネタなど、今巻は大きな事件はありませんが、最後の番外編まで私自身、初心に返った気持ちで、とても楽しく書けました（ちなみにイラスト『げんぶくん』は、私が描いたものです）。

後編もどうぞ、よろしくお願いいたします。

さて、今巻もこの場をお借りして、お礼を伝えさせてください。

私と本作品を取り巻くすべてのご縁に、心より感謝とお礼を申し上げます。

本当に、ありがとうございました。

望月　麻衣

参考文献等

中島誠之助『ニセモノはなぜ、人を騙すのか？』（角川書店）
中島誠之助『中島誠之助のやきもの鑑定』（双葉社）
難波祐子『現代美術キュレーターという仕事』（青弓社）
ジュディス・ミラー『西洋骨董鑑定の教科書』（パイ　インターナショナル）
監修＝中山公男『世界ガラス工芸史』（美術出版社）
鈴木潔『ショトル・ミュージアム　光の魔術師――エミール・ガレ』（小学館）

双葉文庫

も-17-22

京都寺町三条《きょうとてらまちさんじょう》のホームズ⓰

見習《みなら》いキュレーターの健闘《けんとう》と迷《まよ》いの森《もり》/前編《ぜんぺん》

2021年3月14日　第1刷発行

【著者】

望月麻衣《もちづきまい》

【発行者】

島野浩二

【発行所】

株式会社双葉社

〒162-8540 東京都新宿区東五軒町3番28号

［電話］03-5261-4818（営業）　03-5261-4851（編集）

www.futabasha.co.jp（双葉社の書籍・コミックが買えます）

【印刷所】

中央精版印刷株式会社

【製本所】

中央精版印刷株式会社

【フォーマット・デザイン】

日下潤一

ISBN978-4-575-52456-7 C0193

Printed in Japan

FUTABA BUNKO

恋人も仕事も失い、伊勢神宮に神頼みにやってきた谷原芽衣。事もあろうか、駅から内宮に向かう途中に有り金を盗られた芽衣は、泥棒を追いかけて迷い込んだ内宮の裏の山中で謎の青年・天と出会う。一文無しで帰る家もないこともあり、天の経営する宿『やおろず』で働くことになった芽衣だが、予約帳に載っているのは市杵島姫や磐鹿六雁など聞きなれない名前ばかり。なんと『やおろず』は、お伊勢参りにやってくる日本中の神様御用達のお宿だった!?

発行・株式会社　双葉社